UN AUTÉNTICO TEXANO

MARY LYNN BAXTER

Editado por HARLEQUIN IBÉRICA, S.A.
Núñez de Balboa, 56
28001 Madrid

© 2006 Mary Lynn Baxter
© 2015 Harlequin Ibérica, S.A.
Un auténtico texano, n.º 2022 - 21.1.15
Título original: Totally Texan
Publicada originalmente por Silhouette® Books.
Este título fue publicado originalmente en español en 2006

I.S.B.N.: 978-84-687-5651-6
Depósito legal: M-30717-2014
Editor responsable: Luis Pugni
Impresión en CPI (Barcelona)
Fecha impresion para Argentina: 20.7.15
Distribuidor exclusivo para España: LOGISTA
Distribuidor para México: CODIPLYRSA
Distribuidores para Argentina: Interior, DGP, S.A. Alvarado 2118.
Cap. Fed./Buenos Aires y Gran Buenos Aires, VACCARO HNOS.

Capítulo Uno

Grant Wilcox acababa de bajarse de su camioneta cuando Harvey Tipton, el jefe de correos, salió de la cafetería Sip´n Snack.

—¿Qué?, a echar un vistazo, ¿no? —Harvey ofreció a Grant una sonrisa que medio escondía su barba y bigote—. O quizá debería decir a echar otro.

—¿De qué hablas? —preguntó Grant, perplejo.

—De la nueva pieza del pueblo.

—Supongo que te refieres a la mujer recién llegada, ¿no? —Grant hizo una mueca.

—Correcto —contestó Harvey, moviendo la cabeza de arriba abajo y sin dejar de sonreír. Obviamente, no veía razón para avergonzarse o pedir disculpas por su forma de expresarse—. Está llevando la tienda de Ruth.

Grant gimió para sí, Harvey era el mayor cotilla de pueblo. Y el que fuera hombre lo empeoraba aún más.

—No lo sabía —Grant se encogió de hombros—, pero hace tiempo que no voy a tomar café.

—Cuando la veas te arrepentirás de eso.

—Lo dudo —ironizó Grant.

—No te daba por muerto, Wilcox.

–Dame un respiro, ¿quieres? –Grant estaba irritado y no se molestó en ocultarlo.

–Pues es despampanante –declaró Harvey–. Está a años luz de cualquiera de aquí.

–¿Y por qué me lo cuentas? –preguntó Grant aburrido, esperando que Harvey captara la indirecta.

–Pensé que podría interesarte, dado que eres el único de por aquí que no tiene esposa ni compromiso –esbozó una sonrisa de complicidad y le dio un golpe en el hombro–. Tú ya me entiendes.

Durante un segundo, Grant deseó aplastarle la cara al cartero pero, por supuesto, no lo hizo. Harvey no era el único que había intentado ser su casamentero.

Era indudable que le gustaría que una mujer batalladora y de sangre ardiente ocupara su cama de vez en cuando, pero la idea de algo permanente le daba escalofríos. Por primera vez, la vida le iba bien, sobre todo en Lane, ese pequeño pueblecito de Texas. Grant, como guarda forestal, estaba haciendo lo que adoraba: jugar en el bosque y cortar árboles con los que ganaría montañas de dinero.

Además, no estaba listo para asentarse. Con su pasado de vagabundeo, nunca sabía cuándo volvería a entrarle la comezón de moverse. Y si no podía hacerlo se sentiría atrapado. Eso no era para él, al menos aún.

–¿Quieres que vuelva a entrar y os presente? –preguntó Harvey, soltando una risa profunda.

–Gracias, Harv –Grant apretó los dientes–, pero

en cuestión de mujeres, sé apañármelas solo –miró su reloj–. Estoy seguro de que tienes clientes esperando.

–Captado –Harvey le guiñó un ojo.

Sin embargo, cuando el jefe de correos desapareció de la vista, Grant aceleró el paso hacia la puerta de entrada Sip´n Snack.

Kelly Baker se frotó las manos en el agua calienta y jabonosa, mordiéndose el labio inferior. Había estado colocando bollos en el mostrador y estaba pegajosa hasta los codos.

Desde que vivía en el pequeño pueblecito campestre, Lane, hacía tres semanas, se preguntaba una y otra vez si habría perdido la cabeza. Pero conocía la respuesta, y era un no. Su prima, Ruth Perry, necesitaba ayuda, y Kelly había acudido al rescate, igual que Ruth la rescató a ella después del trágico acontecimiento que había cambiado su vida para siempre.

–Ay –gimió Kelly, sintiendo escozor en las manos. Las sacó del agua, agarró una toalla y frunció el ceño al ver sus dedos. Las largas y perfectas uñas pintadas y la suave piel de la que tanto se había enorgullecido habían desaparecido. Sus manos tenían aspecto seco y arrugado, como si las tuviera en remojo todo el día. Así era, a pesar de que tenía dos ayudantes, Albert y Doris.

Echó un vistazo a la cafetería vacía y soltó un suspiro, imaginando cómo estaría minutos después: abarrotada de gente. Sonrió para sí por la palabra «abarrotada». El término no encajaba con ese diminuto pueblo.

Sin embargo, no tenía por qué reírse. La nueva adición de Ruth a esa localidad maderera de dos mil habitantes había sido un gran éxito. Con muy poca inversión, su prima ya tenía beneficios, aunque escasos, vendiendo café, pastas, sopas y bocadillos de alta gastronomía.

Según los lugareños, Sip´n Snack era el local de moda, y eso era bueno. Si Kelly tenía que estar allí, al menos estaba donde estaba la acción, hasta que cerraba.

Kelly odiaba las veladas. Eran demasiado largas y tenía demasiado tiempo para pensar. Aunque entraba en la pequeña y acogedora casa de Ruth tan agotada que apenas era capaz de llegar a la bañera, y menos a la cama, no podía dormir.

Las noches habían sido un problema mucho antes de que llegara a Lane. Y teniendo las tardes libres, el pasado tenía muchas oportunidades de alzar su traumática cabeza. Pero pronto cumpliría con su obligación para con su prima y regresaría a Houston, adonde pertenecía.

Se recordó, con ironía, que su vida personal no había sido mejor allí, de haberlo sido no estaría en Lane. Por dentro, en lo más profundo de su ser, tenía el corazón recubierto de una capa de cemento que nada podía romper.

–Teléfono para ti, Kelly.

–Hola, tesoro, ¿cómo va todo? –canturreó la alegre voz de Ruth al otro lado del auricular.

–Va.

–No quiero estar encima de ti, pero no soporto no saber qué ocurre. Estar lejos de la tienda me provoca síndrome de abstinencia.

–Lo imagino.

–¿Lo has conocido ya?

–¿Conocer a quién? –Kelly hizo una mueca.

–Al guaperas del pueblo –rio Ruth–, el único soltero que merece la pena por aquí.

–Si lo he conocido, no lo sé –dijo Kelly, intentando ocultar su agitación.

–Oh, créeme, lo sabrías muy bien.

–Estás perdiendo el tiempo, Ruth, intentando hacer de celestina.

–Hace tiempo que deberías estar mirando a otros hombres –su prima suspiró–. Hace mucho tiempo.

–¿Quién dice que no miro?

–Bah, sabes lo que quiero decir.

–Eh, no te preocupes por mí. Si está escrito que encuentre a otro, lo encontraré –dijo Kelly, aunque no creía que fuese a ocurrir en esa vida.

–Seguro –la voz de Ruth se tiñó de cinismo–. Solo lo dices porque es lo que quiero oír.

–Tengo que irme –rio Kelly–. Ha sonado el timbre. Antes de que Ruth pudiera contestar, colgó. Esbozó una sonrisa y salió de detrás del mostrador. Se quedó inmóvil y con la vista fija. Después, no sabía por qué había reaccionado así; quizá porque era alto y guapo.

O, mejor aún, por cómo la miraba él.

Se preguntó si ese era el guaperas que acababa de mencionarle Ruth.

Le disgustó que los ojos azul oscuro del desconocido miraran la punta de sus pies y subieran lentamente, sin perderse detalle de su esbelta figura. Le miró con intención el pecho y el cabello, y ella se alegró de haberse puesto reflejos en los cortos mechones recientemente.

Cuando los increíbles ojos se clavaron en los suyos, el aire estaba cargado de electricidad. Atónita, Kelly se dio cuenta de que estaba aguantando la respiración.

–¿Le gusta lo que ve? –preguntó sin pensarlo. Era una consecuencia de su auténtica profesión. Ser atrevida y directa era lo que la había llevado al éxito.

–Lo cierto es que sí –el tipo esbozó una lenta y sensual sonrisa.

Por primera vez desde la muerte de su esposo, cuatro años antes, Kelly se sintió desconcertada por la mirada de un hombre. Y por su voz. Sin embargo, percibía que ese desconocido no era un hombre cualquiera. Tenía algo especial que llamaba la atención. Era rudo.

No estaba acostumbrada a ver a hombres con vaqueros desgastados que apenas tenían color, camisa de franela, botas con puntera de aluminio arañado y un casco en la mano. Incluso en Lane, los hombres de ese calibre escaseaban.

Él seguía mirándola. Kelly movió los pies e intentó desviar la vista, sin éxito. Esa rudeza suya parecía encajar con su metro ochenta y cinco de altura, cuerpo musculoso y revuelto cabello castaño, dorado por el sol.

–Se sorprendió al pensarlo. Por atractivo o encantador que fuera, no estaba interesada. Si fuera así habría aceptado el afecto de otros hombres, en Houston. Además, incluso en Lane, él debía de estar rodeado de mujeres.

Ningún hombre podría estar nunca a la altura de su esposo fallecido, Eddie. Tras haber llegado a esa conclusión, Kelly se había concentrado en su carrera y la había convertido en su razón de vivir.

–¿Qué puedo ofrecerle? –preguntó con seriedad.

–¿Cuál es el especial del día? –repuso él con una voz profunda y brusca que encajaba con su aspecto. Kelly se aclaró la garganta, contenta de volver a la normalidad.

–¿Café?

–Eso para empezar –contestó él, adentrándose en el local, apartando una silla y sentándose.

–Los especiales del día están en la pizarra –muy a su pesar, Kelly estaba clavada en el sitio. Se sonrojó y consiguió mirar la pizarra que había detrás del mostrador, que listaba los cafés y comidas especiales.

–Hoy no –farfulló él–, a no ser que se me haya escapado un día –hizo una pausa–. Es miércoles, no martes. ¿Correcto?

Convencida de que estaba como un tomate, Kelly asintió. No había cambiado el cartel. En circunstancias ordinarias, le habría dado igual, pero por alguna razón el comentario del hombre hizo que se sintiera inadecuada; una sensación que despreciaba.

–El café es con leche y aroma de vainilla francesa –le dijo, esbozando una sonrisa empalagosa.

–Es una pena que un tipo no pueda tomarse un café solo sin más –comentó él, frotándose la barbilla.

–Lo siento, no es esa clase de local –se disculpó, consciente de que él intentaba tomarle el pelo–. Pero eso ya lo sabe. Si quiere café de supermercado, tendrá que preparárselo usted mismo.

–Ya lo sé –rio él–. Tomaré el café solo que más se parezca al normal, el de toda la vida.

Cuando regresó con la taza y se la puso delante, Kelly no lo miró, para evitar más conversación. A pesar de su atractivo, ese hombre hacía que se sintiera incómoda, y no quería saber más. Le entregó la carta.

Le echó un vistazo y la dejó a un lado de la mesa.

–¿Así que tú eres la nueva Ruth?

–En absoluto.

–¿Y dónde está ella?

–Fuera del estado, cuidando de su madre enferma. Estoy sustituyéndola un tiempo.

–Por cierto, soy Grant Wilcox –se presentó él.

–Kelly Baker.

–Un placer –dijo él, sin ofrecerle la mano.

Cada vez que hablaba, ella sentía una reacción física. Era como sentir el golpe de algo que podría hacer daño y que rehuía internamente. Sin embargo, no era así en absoluto. De hecho, era agradable.

–¿Eres de por aquí? –inquirió él, tras tomar un largo sorbo de café.

–No –repuso Kelly–. Soy de Houston. ¿Y tú?

–No originariamente. Pero ahora sí. Vivo a quince kilómetros al oeste del pueblo. Soy maderero y he comprado la leña de un terreno enorme. Así que estoy atrapado en Lane; al menos por ahora –sonrió y la piel de alrededor de los ojos le formó arruguitas–. Acabamos de empezar a cortar, y estoy tan contento como un cerdito al sol.

Ella se preguntó si intentaba sonar como un paleto o pretendía decirle algo con esa comparación tan burda.

–Me alegro –dijo, por decir algo. A pesar de su reacción, le importaba poco quién fuera y qué hiciera. Le preguntó si quería comer algo.

–Tomaré un bol de sopa y más café –dijo él con una mueca irónica en los labios.

Solo le habría faltado añadir «damita». Su condescendencia la irritaba tanto que exacerbaba su empeño en servirlo a la perfección.

Kelly fue a por la cafetera y regresó con una sonrisa en los labios. Alzó la taza y se le resbaló. El café que quedaba cayó en el regazo de Grant Wilcox, que gritó.

Muda de horror, Kelly lo observó echar la silla hacia atrás y ponerse en pie.

–Yo diría que ese ha sido un buen disparo, señora.

Aunque se llevó la mano a la boca, los ojos de Kelly miraron hacia abajo y se quedaron clavados en la mancha húmeda que rodeaba la de al lado.

Ambos levantaron la vista y sus ojos se encontraron.

–Por suerte, no ha causado daños graves –farfulló él. Sus labios se curvaron lentamente.

–Oh, Dios mío, lo siento –tartamudeó Kelly con horror y vergüenza–. Espera, iré a por una toalla.

Giró en redondo y corrió al mostrador. Cuando regresó, sus ojos y los de Grant volvieron a encontrarse.

–A ver, déjame –dijo, estirando el brazo. Se detuvo bruscamente al ver su descarada sonrisa. La sangre se le subió al rostro y alejó la mano de un tirón.

–Es igual. Creo que me cambiaré de vaqueros.

–Ejem, de acuerdo –musitó ella.

–¿Cuánto te debo?

–Dadas la circunstancias, nada en absoluto.

Él se dio la vuelta y fue hacia la salida. Kelly se quedó mirándolo, paralizada.

–Nos vemos –Grant le guiñó un ojo desde la puerta.

Ella deseó que no fuera así, aunque admitió para sí que tenía el trasero y los andares más sexys que había visto nunca; incluso recién escaldado por el café.

Por desgracia, usarlos con ella era un desperdicio.

Capítulo Dos

Aunque odiaba el papeleo, no por eso podía ignorarlo. Grant miró la mesa que había en la esquina de la habitación y gruñó. No solo había montones de facturas que pagar, también tenía que archivar documentos.

Había pasado un rato fuera. Manejar un hacha era un alivio físico que necesitaba. Tras pasar gran parte de la mañana encerrado, revisando sus finanzas con el director del banco, le hacía falta un respiro. Las sesiones de banco siempre lo enloquecían.

Muchas cosas le habían vuelto medio loco esa mañana. Al ducharse había comprobado que sus «joyas» no habían sufrido daños con el café caliente; estaban intactas y listas para ponerse en marcha. Lo único malo de eso era que no tenían adónde ir. Apenas recordaba la última vez que había compartido la cama con una mujer y disfrutado de verdad. A lo largo de los años, pocas mujeres habían tenido el poder de afectar a su libido o retener su interés.

Sin embargo, tenía que admitir, con brutal honestidad, que la sustituta de Ruth Perry, quien quiera que fuese, había conseguido ambas cosas.

Kelly Baker era una mujer bella. No había podido evitar fijarse en su frágil piel de porcelana salpicada por delicadas pecas. Tenía una estructura ósea fantástica, con las curvas correctas, y la ropa envolvía su esbelta figura a la perfección.

Era una pena que su cerebro no pareciese estar a la altura de su físico. Su conciencia le dijo que seguramente esa no era una evaluación justa. Solo habían hablado dos minutos y no sabía de ella más que su nombre. Pero sin duda estaba fuera de su elemento y no entendía qué hacía en el negocio de la restauración. En otras condiciones y circunstancias, tal vez habría disfrutado pasando algo de tiempo con ella.

–Ah, diablos, Wilcox –masculló, estirando la mano hacia la cerveza y tomando un trago–, déjalo estar.

Ella ni muerta permitiría que la viesen con alguien como él. Había tardado pocos segundos en catalogarla: una mujer de ciudad de actitud cosmopolita. Desde su punto de vista, ambas cosas apestaban. De ninguna manera llegarían a estar juntos.

Una lástima; era guapa. Le gustaban las mujeres con agallas, y ella parecía disponer de una buena dosis. Habría disfrutado jugando con una mujer como ella. Al menos durante unos días. No había nada de malo en soñar, siempre y cuando no hiciera alguna tontería para intentar convertir sus sueños en realidad.

Casi soltó una carcajada al pensarlo.

De ningún modo iba a liarse con esa mujer. Eso

en sí mismo, lo provocaba. Tal vez el que pareciese tan intocable, tan condescendiente, lo llevaba a querer explorar qué había bajo esa capa de hielo y probar que era lo bastante hombre para derretirla. Primero estrechándola contra su pecho... Casi podía imaginar el sabor de su piel mientras la acariciaba y mordisqueaba, besando su boca, su cuello, sus hombros y espalda.

Se preguntó qué sentiría ella. Si conseguiría provocarle un cosquilleo, excitarla.

Pero ella no lo dejaría acercarse tanto. Disgustado por pensar en esa reina de hielo, fue a la cocina a por otra cerveza. Cuando la acababa, tuvo una idea. Se puso en pie, sintiendo una oleada de calor.

–Diablos, Wilcox. Olvídalo. Es una locura. ¡Estás loco!

Loco o no, iba a hacerlo. Agarró una chaqueta y salió de la casa, sabiendo que probablemente había perdido el poco sentido común que le quedaba.

Seguía ardiéndole el rostro.

Y no por el agua caliente en la que llevaba remojándose al menos treinta minutos. No entendía cómo podía haber sido tan patosa. Nunca se había sentido tan perdida. En la empresa todos la consideraban impasible, serena y compuesta, y así era como funcionaba a diario.

Al menos solía hacerlo, antes de...

Kelly movió la cabeza, para no pensar en eso.

Hacerlo no solo era perjudicial para su psique, sino también estúpido. Lo que había ocurrido cuatro años antes no podía cambiarse. Nada le devolvería a su familia.

Lo ocurrido esa mañana, en cambio, era otro tema.

–Santo cielo –murmuró, frotándose la piel con el guante de crin hasta irritarla. Después, pensando que no podía cambiar la vergonzosa escena de esa mañana, por más que quisiera, salió de la bañera y se secó.

Envuelta en un albornoz, se sentó en el sofá, cerca del fuego. Aunque era pronto, debería intentar dormir, pero sabía que sería un intento vano. Tenía la mente demasiado inquieta. Además, en su casa casi nunca se acostaba antes de media noche, solía llevarse montañas de trabajo de la oficina.

Pensar en su trabajo le oprimió el corazón. Echaba de menos su oficina, su piso y a sus clientes. Muchísimo. En la Galería Houston oía el sonido del tráfico, no de los búhos. Se estremeció y apretó más el albornoz. Beber algo caliente solía calmarla, pero es noche no había funcionado. Aunque se había hecho una taza de su café favorito, seguía intranquila.

Se recostó y cerró los ojos, pero solo vio la imagen de Grant Wilcox. Dio rienda libre a su mente y pensó en la camisa de franela y los vaqueros ajustados y desvaídos que cubrían un cuerpo que cualquier hombre se moriría por tener, preguntándose cómo era él.

Ya había aceptado que era más atractivo de lo habitual, con su aire rudo y sexy. Tenía los rasgos muy marcados, pero una sonrisa y unos hoyuelos devastadores. Y su cuerpo era musculoso pero con una agilidad y soltura inhabitual en hombres tan grandes. Podía imaginarlo trabajando al aire libre, sin camisa, arreglando una valla, talando árboles o lo que quiera que hiciese.

De pronto, su mente dio un salto y lo vio sin vaqueros. Y sin ropa interior.

La imagen no se detuvo ahí. La siguió una visión de ellos dos juntos, desnudos.

Se ordenó parar. No sabía qué bicho le había picado. Esos pensamientos la traumatizaban tanto que ni siquiera podía abrir los ojos. Pero nadie iba a saber lo que le pasaba por la cabeza. Esas eróticas imágenes eran suyas y solo suyas, y no harían daño a nadie.

Mentira. Estaba practicando un peligroso juego mental: examinar su vida, su soledad y su necesidad de ser aceptada y amada. Sin embargo, las imágenes de bocas, lenguas y besos que robaban el alma no la abandonaban.

El teléfono fue piadoso con ella y empezó a sonar. Kelly se incorporó, con el corazón acelerado, y dejó escapar el aire de golpe. Estiró la mano hacia el auricular.

–Hola, chica, ¿cómo te va?

Ruth otra vez. Aunque Kelly no quería hablar con ella, no tenía elección. Tal vez la risa de su prima fuera el antídoto que necesitaba para recuperar la cordura.

–¿Qué tal el resto del día?

–¿Seguro que quieres saberlo? –preguntó Kelly con voz temblorosa.

–Oh, oh, ¿ha ocurrido algo?

–Podrías decirlo así.

–Eh, no me gusta cómo suena eso –Ruth hizo una pausa–. ¿Te han abandonado los empleados?

–Nada de eso. Me adoran.

–Uf, es un alivio. Si supieras cuánto me costó encontrar a ese par, te alegrarías. Entonces, si el sitio sigue en pie y el género se vende, ¿qué puede ir mal?

–¿Conoces a un granjero llamado Grant Wilcox?

–Mal, no es granjero –Ruth se rio–. Es maderero.

–Eso da igual, pero lo acepto.

–Niña, es el guaperas del que te hablé. Estoy segura de que eso ya lo supusiste.

–Sí, lo supuse.

–Dime ¿qué te parece?

–Está bien –repuso Kelly.

–¿Solo bien? –casi gritó Ruth–. No te creo. Todas las mujeres del condado y de los que lo rodean han intentado llevarlo al altar –hizo una pausa–. Sin éxito, por cierto.

–Pues es una lástima. Tú sabes mejor que nadie que no me interesa un granjero.

–Maderero.

–Es un patán de campo que seguramente prefiere abrazar árboles en vez de mujeres –calló un segundo–. Sin ánimo de ofender.

—No me ofendes —contestó Ruth risueña—. Ya sé lo que piensas del campo. ¿O debería decir del bosque?

—Para mí son lo mismo.

—Ya, bueno. Volviendo a Grant. ¿Qué pasa con él?

Kelly carraspeó y después contó la pura verdad, sin saltarse nada. Siguió un silencio al otro lado de la línea y después Ruth gritó como una posesa.

—Oh, Dios mío, ojalá hubiera estado allí para verlo.

—¿No estás furiosa conmigo? —preguntó Kelly.

—¿Por ser una patosa? —Ruth soltó otro gritito de alegría.

—Suenas como si se mereciera lo ocurrido —comentó Kelly, confusa por la reacción de su prima.

—En absoluto —dijo Ruth, risueña—. Es solo que el semental del condado resulta quemado donde más duele.

—¡Ruth! No puedo creer que hayas dicho eso.

—Bueno, ¿no es lo que hiciste?

—Supongo que sí —admitió Kelly compungida.

—Esperemos, por el bien de las que aún lo persiguen, que su orgullo esté solo chamuscado, no carbonizado.

—Ruth, voy a estrangularte cuando te vea.

Las risitas de su prima se convirtieron en carcajadas.

—Estás haciendo que me sienta fatal.

—Cariño, no te preocupes. Grant es duro, sobrevivirá. Puede que nunca vuelva a la cafetería, pero qué se le va a hacer. Aparte de eso, ¿cómo va el negocio?

Tras charlar con su prima un largo rato, Kelly iba a la cocina cuando llamaron a la puerta. Se detuvo y volvió a la sala. Abrió la puerta con el ceño fruncido y se llevó la sorpresa de su vida. Se le abrió la boca.

Grant estaba en el porche con flores en la mano.

Antes de decir nada, la recorrió con la mirada. Ella intentó tragar saliva, pero tenía la garganta cerrada.

–Es obvio que no esperas compañía –cambió el peso de un pie a otro–. Pero ¿puedo entrar de todas formas?

Capítulo Tres

Kelly se quedó sin aire. Por supuesto que no podía entrar. No había ninguna razón para que él estuviera allí. Y menos aún para que entrase.

Sin embargo se quedó allí con la puerta abierta, mientras su sentido común se perdía. No podía permitirse esa locura.

Ni siquiera estaba vestida. No llevaba nada bajo el albornoz.

—Estas flores se mueren de sed —Grant ladeó la cabeza y sonrió—. No sé cuánto tiempo más sobrevivirán.

—Sí que están un poco mustias —Kelly movió la cabeza de lado a lado.

—Ya sabía yo que en algo estaríamos de acuerdo.

—¿Te han dicho alguna vez que eres imposible? —preguntó ella, mirándolo con exasperación.

—Sí —la respuesta fue seguida por una risa grave y profunda que hizo que a Kelly se le disparase el pulso.

La asombraba que ese hombre estimulara su naturaleza sexual, cuando otros no lo habían conseguido, por empeño que pusieran.

Hacía años que no miraba a un hombre excepto con pasividad. Se preguntó por qué era distinto él.

–Te prometo que solo me quedaré hasta que pongas las flores en agua.

Kelly, resignada, dio un paso atrás e hizo un ademán con la mano.

Grant, sonriente, se quitó el sombrero y entró de dos zancadas. Kelly cerró la puerta y lo siguió a una distancia segura, pero observándolo.

No solo estaba fantástico con otro par de vaqueros desvaídos y una camiseta azul del mismo color que sus ojos; su altura y constitución hacían que la habitación pareciese pequeña, demasiado para los dos.

Con el pulso desbocado, Kelly deseó alejarse más, pero sabía que sería inútil. No había ningún sitio que pudiera poner la suficiente distancia entre ellos.

–¿Tienes un jarrón?

–Seguro que Ruth tiene alguno por ahí.

–Tal vez deberías ir a buscarlo.

–Tal vez –afirmó ella tras un tenso silencio.

–Eh, soy inofensivo –rio él–. De verdad.

Kelly alzó las cejas y sonrió. Tenía que aguzar los sentidos para protegerse.

–Siéntate mientras busco un jarrón –estiró la mano hacia las flores.

–¿Seguro que no necesitas ayuda? –preguntó él, dándole el ramo.

–Seguro –repuso ella, con más dureza de la que pretendía. Pero ese hombre se le estaba metiendo en la piel y lo peor de todo era que le estaba dando carta blanca para hacerlo. Sus manos se rozaron y la sensación le provocó un escalofrío.

Buscó un jarrón, lo llenó de agua y colocó las flores. Después volvió a la sala y puso el jarrón sobre una mesita. Él estaba inclinado junto a la chimenea, reavivando las ascuas.

Era indudable que tenía un trasero perfecto. Y en ese momento podía observarlo sin que él lo supiera. De pronto, comprendiendo lo que hacía, sacudió la cabeza.

–Gracias por las flores.

Él se irguió y se dio la vuelta. Sus ojos se encontraron un momento. Cuando Grant desvió la mirada, ella suspiró de alivio. Su presencia allí iba a ser problemática si no conseguía controlar sus emociones. Estaba comportándose como una adolescente dominada por las hormonas.

–Es una oferta de paz –dijo él, frotándose una barbilla que lucía un principio de barba que acentuaba su atractivo.

–Si es por eso, debería ser yo la que apareciera en tu puerta.

–En realidad solo es una excusa para verte otra vez –hizo una pausa y la miró a los ojos–. ¿Tienes algún problema con eso?

–Desde luego, no te muerdes la lengua –dijo ella, intentando ganar tiempo. Era el momento perfecto para decirle que no estaba interesada en él ni en ningún otro hombre. Pero no lo hizo–. ¿Quieres sentarte?

–Me encantaría, pero ¿estás segura de que es lo que quieres?

–No –su voz sonó temblorosa–. Ahora mismo no estoy segura de nada.

Él se dejó caer en el sofá y miró el fuego.

–No te he ofrecido nada de beber.

–Una cerveza estaría bien.

Ruth tiene algunas en el frigorífico.

–No me gusta beber solo.

–Yo tengo mi café.

La risa de él la siguió hasta la cocina. Preparó las bebidas y volvió a la sala. Él había extendido las largas piernas e, inconscientemente, miró sus fuertes muslos y el bulto que había bajo la cremallera.

Al comprender lo que estaba haciendo, alzó la vista y descubrió que él la miraba con ojos ardientes. Inspiró con fuerza, pero no sirvió de mucho. Le ardían el rostro y los pulmones.

Se sentó en el sillón. Él tomó un trago de la botella de la cerveza y la dejó en la mesita.

–¿Qué trae a alguien como tú a este lugar?

–¿Alguien como yo? –Kelly dio un respingo.

–Sí, una dama con clase que se comporta como un pez fuera del agua.

–Mi prima necesitaba mi ayuda y acudí al rescate.

–Nada es así de sencillo.

–Puede que no.

–Pero eso es todo lo que vas a contarme, ¿correcto? –agarró la botella de cerveza y tomó otro trago.

–Correcto –afirmó ella, aunque sus labios pugnaban por curvarse con una sonrisa.

–Entonces tienes mucha carga del pasado o muchos secretos, Kelly Baker. ¿Cuál de las dos cosas?

–No voy a contártelo.

–Si no estás dispuesta a compartir, ¿cómo vamos a llegar a conocernos mejor?

–Supongo que no lo haremos –dijo ella.

–Vaya, desde luego que sabes dejar a un hombre sin palabras –se puso en pie y fue a la chimenea a alimentar el fuego.

Sus movimientos eran pura agilidad sexual; desde luego, no le faltaba carisma.

–Te aviso de que el que no me hables hace que sienta aún más curiosidad.

La tensión de la sala se incrementó.

–Ya sabes lo que dicen sobre la curiosidad –intervino ella, entrelazando los dedos.

–Sí, que mató al gato –sonrió él.

–¿Qué me dices de ti? –inquirió ella cuando él volvió a sentarse en el sofá.

–¿Qué de mi?

–Apuesto a que no estás dispuesto a desvelar tu vida a una desconocida.

–¿Qué quieres saber? –él encogió los hombros.

–Lo que te sientas cómodo contando –repuso ella, que había estado a punto de decir «todo».

–No creo que tenga nada que esconder.

–Todo el mundo tiene secretos, señor Wilcox.

–¿Señor Wilcox? –la miró con seriedad–. Debes de estar de broma.

–No te conozco lo bastante para usar tu nombre.

–Bobadas. El hecho de que me calentaras la primera vez que te vi nos lleva a un territorio más familiar.

–Muy gracioso –rezongó Kelly, aunque sabía que tenía el rostro rojo como un tomate. Él empezó a esbozar una sonrisa–. De acuerdo, Grant.

–Ah, eso está mejor –se terminó la cerveza y volvió al tema–. Creo que lo más importante sobre mí es que me cuesta quedarme en un sitio.

–¿Y eso por qué?

–El ejército. Mi padre cambiaba continuamente de destino y no nos quedábamos en ningún sitio lo suficiente para echar raíces y formar relaciones duraderas.

–¿Eres hijo único?

–Sí. Mis padres ya murieron.

–Los míos también.

–Eh, ten cuidado, o me contarás algo personal –se rio al ver que ella lo miraba enfadada–. Hasta que no fui a la universidad, A & M de Texas, no supe lo que era asentarme. Me costó mucho, hasta que conocí a mi mejor amigo, Toby Kealthy.

–Toby estudiaba ingeniería forestal, y como a mí también me encantaba estar al aire libre, congeniamos. Terminé estudiando lo mismo y pasaba todo el tiempo que podía con Toby. Con el dinero que heredé a la muerte de mis padres compré tierras en Lane County y construí la cabaña de troncos en la que vivo. Poco después formé mi propia empresa y viajé por el mundo. Ahora, con un nuevo contrato para cortar madera, estoy encantado.

–Es toda una historia –comentó Kelly.

–Mi aburrida vida en pocas palabras.

–En ti no hay nada aburrido –bromeó ella sin chispa de humor.

–Viniendo de ti, lo tomaré como un cumplido.

–Hay algo que te has saltado.

–¿Sí?

–Tu vida personal. Mujeres.

–Tampoco hay mucho que contar. La experiencia que he tenido con ellas me enseñó una cosa importante.

–¿Y cuál es?

–Les gustan los hombres que pueden ofrecer seguridad: hogar, familia, empleo fijo, todo el lote; y eso es tan ajeno a mí como algunos de los países en los que he vivido.

–¿En serio crees eso? –preguntó ella pensando que hablaba como si hubiera nacido en 1950.

–Ahora estás curioseando demasiado.

–Ah, ya, así que no soy la única que tiene secretos, ¿o tal vez sea carga del pasado?

–¡Tocado! –siguió un incómodo silencio y Grant se puso en pie–. Será mejor que me vaya, se está haciendo tarde.

Ella sintió cierta desilusión.

–Gracias por la cerveza –dijo él desde la puerta.

–Gracias por las flores.

–Mustias y todo, ¿eh?

Estaba tan cerca de ella que su olor le golpeó como un puñetazo en el estómago, y más aún cuando vio los increíbles ojos azules clavados en su pecho. Bajó la cabeza y vio que el albornoz se había abierto.

Antes de que pudiera moverse, él le deslizó la yema de un dedo por el cuello hacia abajo, hasta que rozó el lateral de su seno. Su mente le gritó que lo rechazara, pero no pudo hacerlo. Se encogió por la descarga de lujuria que le recorrió el cuerpo.

Los ojos de él se oscurecieron cuando se inclinó hacia ella. Intuyó que iba a besarla, pero fue incapaz de detenerlo. Él gimió y aplastó los labios contra los suyos; ella se dejó caer contra él, disfrutando de su boca, hambrienta y posesiva, que la devoraba como si temiera no volver a tener otra oportunidad similar.

Cuando por fin se separaron, ambos jadeaban. Las emociones de Kelly eran tan intensas y aterradoras que siguió agarrada a la pechera de su camisa.

–Llevo deseando hacer eso desde que entré por la puerta de la cafetería –farfulló él. Ella deseaba responder, pero no sabía qué decir–. Mira, me voy, pero hablaremos –la miró con ojos ansiosos y agudos al notar su tensión–. Estás bien, ¿verdad?

«No, ¡claro que no estoy bien!», pensó ella. Tragó saliva y asintió. Grant se fue y Kelly se quedó parada largo rato, anonadada, hasta que se fue a la cama, se tumbó y dio rienda suelta a las lágrimas.

No entendía cómo había bajado la guardia y traicionado a su marido, el amor de su vida, permitiendo que ese desconocido la besara. No quería volver a exponer su corazón, por miedo al dolor que eso le causaría. Se lo había prometido a sí misma. Lo más triste era que no sabía cómo corregir el error que acababa de cometer.

***

Grant terminó de cortar y apilar montones de leña que no necesitaba. Si dar golpes con un hacha lo ayudaba a contener su frustración, seguiría haciéndolo.

Por desgracia, el trabajo físico no había logrado su objetivo. No podía sacarse a Kelly de la cabeza, aunque hacía dos días que no la veía. Aún recordaba su olor y el tacto de su piel como si estuviera empapado de ella.

Eso podía causar muchos problemas a un hombre, porque implicaba dependencia, necesidad y un vínculo emocional con una mujer a quien apenas conocía. Con Kelly Baker eso era imposible. No se quedaría allí mucho tiempo y, además, tenía demasiados secretos.

Pero ese beso le había hecho surcar el cielo como una cometa. Y deseaba más. Apenas había visto y rozado uno de sus senos, pero sabía que era firme y delicioso como un melocotón recién madurado. solo con pensar en saborearlo se le hacía la boca agua.

Si quería volver a verla tendría que ir despacio, ser delicado. Sin embargo, había visto el deseo en sus ojos, percibido el calor que irradiaba su cuerpo. Ella también lo deseaba, aunque no parecía querer admitirlo. Pero no iba a rendirse. Si no se equivocaba, bajo esa fachada de hielo se ocultaba una mujer ardiente y explosiva e intentaría comprobarlo.

Recogió las herramientas y entró en la cabaña. Se duchó, vistió y abrió una cerveza. Se llevaba la botella a la boca cuando llamaron a la puerta.

–Está abierto –gritó–. Un segundo después entró su capataz y amigo, Pete Akers–. ¿Quieres una cerveza? –preguntó Grant sin preámbulos.

–Creía que no ibas a preguntarlo nunca –rio Pete.

Grant le dio una botella y fueron a la sala a sentarse junto al fuego.

–Diablos, ahí fuera hace más frío que en Montana.

–¿Cómo puedes saberlo? Nunca has salido del este de Texas.

–Eso da igual –dijo Pete con obstinación–. Sé lo que es el frío cuando lo siento.

–Entonces acerca esa cabezota calva al fuego.

Pete se sentó y ambos se concentraron en sus cervezas, a gusto con sus pensamientos.

–¿Y toda esa leña de fuera? –preguntó Pete un rato después–. Has cortado suficiente para todo un invierno en Alaska. Y casi estamos en marzo.

–¿Te has dado cuenta?

–¿Cómo no iba a dármela? –Pete alzó una ceja y lanzó a Grant una mirada penetrante.

–Supongo que necesitaba descargar algo de energía –Grant encogió los hombros.

–No puedes estar estresado por nada, ahora que todo va como tú quieres –comentó Pete extrañado.

–Eso no puedo discutirlo –Grant no pensaba hablar de su obsesión por la recién llegada al pueblo, así que se centró en los negocios–. No esperaba conseguir comprar esos árboles. Darán muchos beneficios.

–Lo que harán será poner tu empresa en el mapa.

–Eso espero. Entretanto, tengo un montón de facturas que pagar en el banco. No olvides eso. Como sabes, los árboles no fueron baratos, ni tampoco el equipo.

–Lo sé –Pete soltó un resoplido–. Viéndolo así, supongo que sí tienes buenas razones para estar estresado.

–Creo que «estresado» no es la palabra correcta –Grant frunció el ceño–. En realidad estoy excitado y confío en que el terreno dé beneficios y me saque de las deudas. A ver, ponme al día –dejó la botella vacía sobre la mesa.

–Los dos grupos de trabajadores ya están listos.

–¿Con el equipo y todo?

–Sí –replicó Pete con voz animada, como si se sintiera orgulloso de su logro.

–¿Has encontrado otro capataz?

–Pensé que podríamos encargarnos tú y yo –Pete arrugó la frente–. Sabes que no me gusta contratar a gente que no conozco.

–Pero aquí conoces a todo el mundo.

–Por eso no he contratado a nadie –Pete ladeó la cabeza–. ¿Entiendes?

–Supongo que nos apañaremos. ¿Dónde colocaste a los trabajadores? –inquirió Grant.

–Un grupo en la zona noroeste, cerca de la carretera del condado, y el otro al sur, cerca de la antigua casa.

–Yo me ocuparé del grupo sur –afirmó Grant, consciente de que sería la zona más difícil de talar.

–Las sierras ya están en marcha y parece que podremos sacar de doce a catorce cargamentos al día.

–Si eso dura de seis a ocho semanas, entonces mis problemas se solucionarán del todo –Grant sonrió. En ese momento le sonó el móvil.

Miró la pantalla y vio que era Dan Holland, el propietario que le había vendido los árboles.

–¿Qué ocurre, amigo? –preguntó Grant.

–Me temo que tenemos un problema.

Capítulo Cuatro

¿Se arrepentiría del beso?

Kelly suponía que esa era la razón de no haber vuelto a verlo.

Lo cierto era que ella no podía dejar de pensar en el beso. Quería verlo de nuevo, por más que se recordaba que no sería conveniente.

Pronto se iría de Lane. Además, estaba deseando volver a su trabajo y al reto que suponía.

–Kelly, al teléfono –volviendo a la realidad, sonrió a Albert y fue al pequeño despacho a contestar la llamada. Era su jefe, John Billingsly.

–¿Cómo te va? –preguntó él con voz amable.

–¿De veras quieres saberlo? –sentía un profundo respeto por John y lo consideraba amigo además de jefe, pero en ese momento no estaba entre sus personas favoritas. Al fin y al cabo, en gran medida era culpa suya que estuviera allí.

–Sí –soltó un suspiro–, o no habría preguntado.

–La verdad es que las cosas van mejor de lo que esperaba, aunque odio admitirlo.

–Sé que sigues disgustada conmigo –rio él.

–Y lo estaré mucho tiempo –aunque Kelly había hablado con sinceridad, no había rencor en su voz.

–Sabes cuánto me importas, Kelly. Solo deseo lo mejor para ti.

–Lo sé.

Era cierto. A veces tenía la sensación de que a él le gustaría ser algo más que su jefe, sin embargo nunca había cruzado esa línea. Pero percibía que sus sentimientos por ella iban más allá.

–Quédate allí algo más de tiempo –dijo John–, para dar a tu cuerpo y a tu mente la oportunidad de sanar del todo. Es lo único que te pido.

–¿Tengo elección?

–No –respondió él con voz suave pero firme.

Ella sabía que tenía razón, aunque odiaba admitirlo. Tanto John como el doctor Rivers, su psiquiatra, se lo habían dicho, pero había sido John quien la convenció. La había amenazado con perder el ascenso que le correspondía y ella anhelaba.

–Tienes la posibilidad de convertirte en socia de la empresa –le había dicho John–, pero solo si puedes controlar tus emociones y convertirte en la abogada que sabemos puedes ser.

«Así era antes de que un conductor borracho matara a mi esposo y a mi hija», deseó gritar ella.

–Es necesario que superes la pérdida –había añadido John, como si le leyera el pensamiento.

–Lo he hecho –gritó Kelly.

La molestaba que la tratase con condescendencia, como si fuera una niña. Ella era Kelly Baker, la triunfadora de la empresa. Había conseguido algunos de los clientes más importantes. Eso debería contar para algo. Pero por lo visto no era así porque, al menor problema, intentaban liberarse de ella como si fuera un desperdicio.

La conciencia se le rebeló, recordándole que estaba sacando de contexto las palabras de John. En el fondo sabía que él y la empresa la apoyaban por completo.

–No, no la has superado –dijo él con paciencia–. Has enterrado tu dolor y tu corazón en el trabajo. Ahora, cuatro años después, el dolor al que nunca te enfrentaste abiertamente se vuelve contra ti. Está empezando a controlar tus emociones y tu salud. Ambos sabemos que estás al borde de una crisis nerviosa.

Aunque odiaba admitirlo, era cierto. Ya no podía convencerse de que ella y cuanto la rodeaba estaban bien.

–Sé que tu prima necesita ayuda, Kelly –siguió John–. Ve a ayudarla. Otro ambiente, otro trabajo, gente nueva… –hizo una pausa y sonrió–. No te imagino sirviendo café, pero sé que te entregarás por completo, como haces con todo.

–Yo tampoco me imagino haciéndolo, pero parece que no vas a ofrecerme otra opción.

–Tienes toda la razón –admitió John con severidad.

Kelly se había inclinado hacia él, había besado su mejilla y salido del despacho. Desde entonces habían pasado tres semanas. Tres de las más largas de su vida.

–Kelly, ¿sigues ahí? –preguntó John.

–Sí. Disculpa. La verdad es que estaba recordando nuestra última conversación.

–Me alegro, porque por mi parte nada ha cambiado.

–Lo sé –se le cascó la voz pero esperó que él no lo notase. Quería mantener su dignidad a toda costa.

–Vuelve al trabajo. Hablaremos de nuevo pronto.

Cuando colgó y volvió al comedor, Grant entraba por la puerta con cara de pocos amigos. Se le cayó el alma a los pies. Había acertado: él no se alegraba de verla.

–Pareces sorprendida de verme –dijo con tono amable, mientras iba hacia una mesa.

Iba vestido algo más formal que las otras veces. Llevaba vaqueros y botas, desde luego, pero la camisa era de algodón liso, no de franela, y en vez de casco llevaba un sombrero negro, que se quitó.

–Lo estoy –dijo Kelly con honestidad, cuando recuperó el habla. Después no supo qué decir.

Cuando Grant pasó a su lado, captó un aroma limpio y fresco, como si acabara de ducharse. Eso la puso aún más nerviosa. Sonrojándose, Kelly se dio la vuelta. No había pensado así desde la muerte de su marido.

–¿Quieres algo de comer? –preguntó.

–Un café bastará.

–¿Seguro que quieres que te lo sirva yo? –se obligó a preguntarlo con una sonrisa, esperando que él se relajara un poco.

La tensión de su rostro se suavizó e incluso esbozó una sonrisa. A Kelly se le disparó el corazón.

–Claro.

Ella sonrió de nuevo, pero Grant, en cambio, frunció de el ceño. Kelly fue a por el café y dejó la taza ante él con mucho cuidado.

–Pareces molesto –dijo.

–Sí, pero no contigo –la miró a los ojos. Ella notó cómo el rubor cubría sus mejillas. Grant siguió con voz baja y ronca–. Estás tan preciosa que, si pudiera, te abrazaría aquí mismo y te besaría hasta que me suplicaras que parase. Y aun así, no sé si obedecería.

La provocativa afirmación la desconcertó tanto que se quedó de pie, muda y ardiendo de calor.

–¿Tienes un minuto?

–Claro –dijo, temiendo escuchar algo que no deseaba oír.

Él apartó la silla contigua a la suya y le indicó que se sentara.

–Deja que vaya a por un café antes. Volveré enseguida –Kelly volvió con su café y se sentó. Estuvieron en silencio unos minutos, bebiendo–. Ha ocurrido algo –aventuró ella por fin.

–Y que lo digas –Grant soltó un suspiro.

–¿Quieres hablar de ello?

–Necesito un buen abogado. ¿Conoces alguno?

A Kelly le dio un vuelco el corazón.

–Con todos tus negocios, me sorprende que no tengas uno.

–Sí lo tengo, pero está fuera del país. Y su socio es un idiota.

–¿Por qué que necesitas un abogado? –preguntó Kelly.

–Dan Holland, el propietario del terreno cuyos árboles compré, acaba de llamarme y ha dejado caer una bomba.

–¿Sí?

–Sí, y lo peor de todo es que yo lo consideraba amigo mío.

–La amistad y los negocios son cosas muy distintas, Grant. Eso deberías saberlo.

–Lo sé, diablos. Pero en un pueblo pequeño la palabra de un hombre vale tanto como su firma. Y yo tenía ambas cosas de Dan.

–¿Qué es lo que ha cambiado?

–Quiere que mis trabajadores dejen de talar.

–¿Por qué razón?

–Un cuento de un medio hermano ilegítimo que ha aparecido de la nada y quiere tomar parte en el negocio que Dan y sus hermanos habían hecho conmigo.

–¿Y tu amigo se lo ha creído y quiere romper al trato? –Kelly estaba atónita e intrigada.

–Se lo ha tragado enterito. Dice que si Larry Ross, así se llama el tipo, dice la verdad, tiene derecho a una participación en el negocio.

–Suena ridículo.

–Es más que eso. Es una locura.

–¿Y qué has contestado? –preguntó Kelly.

–Le he dicho a Holland que está fuera de sus cabales si un tipo al que no ha visto nunca llega de repente con esas pretensiones y no lo manda a paseo.

–Me parece increíble que no lo haya hecho –Kelly movió la cabeza, consternada.

–Dan dijo que nunca me había visto tan enfadado. Le dije que si creía que eso era estar enfadado esperase un poco, porque aún no había visto nada. En ese momento aún estaba tranquilo.

–Qué lío –comentó Kelly.

–Hay más –interpuso Grant–. Dan defendió al tipo diciendo que su padre era un mujeriego y era posible que Larry Ross fuera fruto de una de sus aventuras. Según él, la madre de Ross estaba harta de callar y le juró a su hijo que Lucas Holland era su padre y que debía reclamar todo aquello que le correspondiera.

–¿Y tu respuesta? –Kelly lo miró a los ojos.

–Basura y más basura –Grant soltó el aire de golpe. Kelly casi sonrió–. Le dije que sonaba demasiado fácil. Ross es su problema, no mío. Tenemos un trato en marcha, firmado, sellado y entregado.

–Pero él no lo ve así, ¿verdad?

–Acertaste. Por lo visto, Larry Ross amenaza con poner una demanda para interrumpir mi negocio, alegando que su familia no tiene derecho a vender los árboles sin su firma.

–Es una locura; cuando hizo el trato, Dan ni siquiera sabía que el tipo existía –Kelly estaba atónita y lo demostraba–. Pero por lo visto al tal Ross le da igual.

–Así que le dije a Holland que me devolviera el dinero. Un proceso judicial podría arruinarme.

–¿Y qué contestó? –Kelly estaba cada vez más horrorizada. Grant tenía razón: necesitaba un abogado, cuanto antes mejor.

–Dijo que no podía, que él y sus hermanos lo

habían invertido todo en acciones de liquidez a largo plazo.

–Ese hombre es toda una pieza.

–Le dije que ese era su problema, no mío. Por supuesto, Dan gimió que buscaríamos una solución, que solo me pedía que suspendiera las operaciones unos días, hasta arreglar este lío.

–Espero que le dijeses que no.

–Efectivamente. Él arguyó que estaba siendo irracional. Le pregunté qué haría él si estuviera en mi lugar. ¿Estaría dispuesto a ceder? Contestó que no, así que le dije que la solución era pedir un préstamo utilizando las acciones como garantía y pagar al tipo.

–Si hubiera aceptado, no estaríamos teniendo esta conversación –apuntó Kelly.

–Correcto de nuevo –afirmó Grant–. Amigo o no amigo, un trato es un trato. Yo cumplí mi parte y espero que él cumpla la suya. Dan se enfadó y me dijo que esto no quedaría así. Pero si quiere lucha, la tendrá. Yo voy a talar mi madera.

–Tal vez pueda ayudarte.

–¿Tú? –Grant la miró sorprendido.

–Eso he dicho –dijo Kelly con ecuanimidad.

–¿Cómo? –él rio–. ¿Vas a utilizar tus dotes de camarera para echar café caliente en su entrepierna?

Kelly forzó una sonrisa almibarada.

–Tengo mis fallos como camarera, pero cuando me dedico a las leyes, soy una abogada excelente.

–¿Eres abogada? –su risa resonó por todo el local.

Capítulo Cinco

Debería haber mantenido la boca cerrada. Reírse de Kelly no había sido inteligente, sobre todo cuando tenía problemas y ella había ofrecido su ayuda. Pero nunca habría pensado que fuese abogada. Solo la había considerado un hombro bonito sobre el que llorar.

Grant se dio una palmada en la frente y maldijo, aunque sabía que eso no serviría de nada. La única forma de arreglar lo ocurrido era esconder el rabo entre las piernas y suplicar. Sonrió al pensarlo: eso sí que sería toda una escena, él de rodillas ante una mujer.

En ese momento estaba dispuesto a hacer lo que fuese para salir del embrollo. Apretó los labios. Debía haber supuesto que era más de lo que aparentaba. Desde el primer momento le había parecido una dama con clase y su negativa a hablar de sí misma lo había convencido de que tenía secretos. No había imaginado que su profesión fuera uno de ellos.

La única solución era hacerle la pelota a Kelly. Por desgracia, no parecía el tipo de mujer a la que eso fuera a convencer. Aun así, tenía que probar. Sonrió.

Grant miró su reloj y gruñó. Llevaba demasiado tiempo remoloneando por la casa. Ya debería estar trabajando. No, debería estar en casa de Kelly.

Cuando se ponía el sombrero, le sonó su móvil.

–¿Dónde estás? –preguntó Pete.

–En casa –por el tono de voz de su capataz, Grant adivinó que algo iba mal.

–Más vale que vengas aquí, y pronto.

–¿Qué ocurre? –a Grant se le contrajo el estómago. Siguió un momento de silencio.

–Ven cuanto antes –respondió el capataz.

Treinta minutos después, Grant aparcaba su camioneta en la zona de tala, y supo de inmediato por qué le había llamado Pete. El coche del sheriff estaba aparcado junto a una de las máquinas. Los trabajadores estaban cerca, agrupados, hablando entre ellos con voz queda.

Pete tenía aspecto de ir a darle un puñetazo en la nariz al sheriff Sayers.

–Buenos días, Amos –dijo Grant con calma, dispuesto a tranquilizar el ambiente.

Amos Sayers era un hombre alto y delgado, con gafas y unas orejas muy grandes.

–Buenos días, señor –respondió Amos, con un obvio cambio de tono y actitud. Se dieron la mano y siguió un incómodo silencio al que puso fin Amos–. Va a tener que cerrar.

–No he visto nada escrito –dijo Grant.

–Ahora ya sí –Amos le puso un papel en la mano.

–¿En serio vas a cerrar la obra? –preguntó Grant, sin molestarse en mirar el papel.

–No tengo elección –Amos restregó la puntera de la bota por el suelo–. Son órdenes del juez.

–Entiendo.

–Entonces, ¿acatarás el mandamiento judicial? –preguntó Amos con voz insegura–. ¿Suspenderás las operaciones?

–Espero que no vayas a permitir que este jovencito mocoso nos dicte las reglas –masculló Pete indignado.

–¿Quieres ir a la cárcel? –preguntó Amos.

Pete movió la cabeza con un gesto negativo.

–Eso me parecía –Amos volvió a arrastrar el pie por la tierra y miró a Grant–. Siento todo esto, señor –fue hacia su coche y se subió.

–¿Qué vas a hacer? –preguntó Pete con voz lóbrega.

–Conseguir un abogado y volver a trabajar.

–¿Y el que has estado utilizando durante años?

–Está fuera del país.

–¿Tienes a otro en mente? –preguntó Pete.

–Sí.

–¿Me llamarás? –Pete lo miró extrañado.

–En cuanto sepa algo.

Grant apretó los labios, subió a la camioneta y arrancó. Sabía lo que tenía que hacer, pero no por eso tenía que gustarle la idea.

Kelly se preguntó si ese día acabaría alguna vez. solo eran las diez de la mañana del lunes y estaba aburrida como un hongo. El día anterior se había quedado en casa, en pijama, sesteando, leyendo un libro de misterio y viendo la televisión.

Deseó con toda su alma que la cafetería no cerrase los lunes. Un día libre en ese pueblecillo era suficiente. Dos seguidos eran más de lo que podía soportar.

Más deprimida que nunca, Kelly fue hacia la ventana y miró el día frío y nublado. Últimamente el tiempo era más sombrío que soleado. Se recordó que estaban a finales de febrero y no tenía por qué hacer calor.

Suspirando, volvió al sillón y se sentó. Tras mirar la pared un rato, sacó la cartera del bolso y desplegó una funda con fotos.

La primera que vio fue la de su marido. Eddie era alto, moreno y muy guapo. Y, además, un hombre amable y dulce que las adoraba a ella y a su hija.

Mientras Kelly miraba el rostro, le resultó difícil recordar qué había sentido cuando la tocaba. Sabía que lo había amado intensamente, pero no podía recordar cómo era. Todo se había difuminado con el tiempo.

No ocurría lo mismo con su hija. Cuando miró su foto un pinchazo de dolor la dejó sin aire. Su preciosa bebé, su bella nena. Su Amber, alzando el rostro sonriente hacia ella. Saber que nunca volvería a verla ni a tocarla, aun cuatro años después, era insoportable.

Haber dejado a su hija en la fría y oscura tierra era lo que finalmente había podido con Kelly.

Tomó aire y se obligó a sonreír, aunque las lágrimas surcaban su rostro. Recordaba muy bien el día en que habían sacado esa foto. Amber acababa de cumplir tres años y llevaba puesto un vestido rosa con volantes. Kelly le había puesto un lacito rosa entre los rizos.

Se tragó un sollozo y cerró la cartera. Alzó la cabeza con la determinación de no ahogarse en sus lágrimas y se levantó. Hacía tiempo que no tenía uno de esos momentos de autocompasión. La culpa era de la añoranza de su casa y del aburrimiento. Y su soledad.

Y de Grant Wilcox con su condescendencia y desprecio. No podía olvidar eso. Se había recompuesto y limpiado las lágrimas cuando llamaron a la puerta.

–Oh, cielos –masculló, preguntándose quién sería. Abrió la puerta y se quedó boquiabierta. Grant Wilcox estaba ante ella.

–Sé que la cafetería está cerrada –dijo él con voz contrita–, pero pensé que tal vez servías Cuervo aquí. ¿Me equivoco?

Capítulo Seis

Kelly estaba perpleja. Se recordó que Grant Wilcox no le importaba. La había insultado. Y ese día no tenía ánimo de perdonar. El hombre era insoportable, sexista y se le había metido bajo la piel.

Con el hombro apoyado en la jamba de la puerta, estaba atractivo. Letal. El cabello, demasiado enmarañado para su gusto, parecía recién lavado, como él. Llevaba esos vaqueros que se le ajustaban al cuerpo en todos los lugares correctos, una camisa blanca que le realzaba los ojos azul oscuro, y una botas que lo hacían parecer más alto y duro de lo habitual.

Tenía que admitir que era un buen espécimen.

Notando el rubor que le subía por las mejillas, Kelly se dio media vuelta, con la esperanza de ocultar su reacción.

−¿Está prohibido entrar? −preguntó él con su voz profunda y sensual.

−Eso depende.

−¿De qué?

−Aún no lo he decidido. De hecho, estoy pensándolo −comentó ella con voz ronca, después de aclararse la garganta.

Aunque una leve sonrisa jugueteó en sus labios,

Grant se abstuvo de decir nada que pudiera dar al traste con la tregua. Kelly pensó que era un tipo listo. Una palabra de más y lo hubiera despedido sin pensarlo.

–Supongo que puedes entrar –dijo finalmente, con un suspiro.

Igual que la vez anterior, en cuanto cruzó el umbral, toda la habitación pareció encogerse. El calor de su cuerpo parecía envolverlo todo.

Era un hombre grande, algo a lo que ella no estaba acostumbrada. No tenía mayor importancia, si no se la daba. Eddie era bastante más bajo.

–No has contestado a mi pregunta –dijo Grant.

–Si quieres, puedes sentarte –ofreció Kelly.

–Gracias. Es buena idea.

Kelly siguió en pie, pensando que eso le daba algo más de fuerza, aunque era una bobada. Pero no estaba dispuesta a sentarse y darle la bienvenida como a un invitado. Al menos, no por el momento.

–Sigues sin contestar a mi pregunta.

–Es porque no la recuerdo. Te pregunté si servías Cuervo.

–Desde luego que lo tenemos en el menú de la cafetería –a pesar suyo, Kelly sonrió.

–Para imbéciles como yo, ¿eh?

–Si se lo merecen… –volvió a sonreír, pero se obligó a ponerse seria. No pensaba ponérselo fácil.

–En mi caso, así es. Y mucho.

–Si tú lo dices –su disculpa le daba igual. Había muchos abogados en la zona tan competentes como ella, o más.

Cuanto menos tuviera que ver con ese hombre, mejor. Debía de haber perdido el juicio momentáneamente cuando se ofreció a ayudarlo, sobre todo cuando se suponía que no debía pensar en el trabajo.

–¿Aceptas mis disculpas? –preguntó él, acomodado en el sofá, cerca del fuego.

–De acuerdo. Disculpas aceptadas –Kelly se encogió de hombros. Vio que él tensaba la boca un segundo, dando paso a una mueca avergonzada.

–Algo me dice que esta disculpa no ha conseguido su objetivo ni por asomo –clavó los ojos en ella.

–Eh, tranquilo. Tú te disculpas y yo acepto. Fin del asunto –dijo ella, rebelándose contra la atracción magnética de su mirada.

–Eso es lo que temo –Grant se frotó la barbilla–. Significa que voy a tener que arrastrarme por el suelo.

–¿Por qué ibas a molestarte en hacerlo? –preguntó Kelly, aún de pie, cansándose de la conversación.

–Necesito un abogado.

–Pero no a mí.

–Sí, a ti.

–¿Cómo puedes estar tan seguro de eso?

–Porque eres la más accesible –replicó él sin titubear–. Y necesito consejo legal.

–Al menos eres sincero.

–Entonces, ¿qué dices?

–Ni siquiera sabes qué tipo de derecho practico.

—¿Importa eso?

—Claro que sí. Por lo que sabes, podría no ser más que abogada tributaria.

—¿Lo eres?

—No.

—Pues ya está dicho todo —Grant abrió las manos.

—Se supone que no debo trabajar —Kelly movió la cabeza, irritada con él y con sus razonamientos.

—¿Por qué? —la miró intrigado—. ¿Te ha inhabilitado o algo así?

—No, no estoy inhabilitada ni nada así —dijo ella con paciencia forzada.

—Mira, lo siento —dijo él con sinceridad, como si hubiera comprendido que estaba metiendo la pata de nuevo—. Pero hay algo en ti… —calló de repente, como si temiera cometer otro error.

—Que te hace decir y hacer cosas que no harías normalmente —Kelly terminó la frase por él.

—Sí. ¿Cómo lo sabes?

—Tal vez a mí me ocurra lo mismo.

Que hubiera admitido eso pareció sorprenderlo. De hecho, ella también se había sorprendido. Cuanto menos personales fueran las cosas entre ellos, mejor sería. De hecho, cuanto antes se librara de él, mejor.

—Te suplicaré si hace falta —dijo él. Dejó de mirar el fuego y la miró a ella.

Ella no pudo leer sus ojos, pero notó una desesperación en su gran cuerpo que no había percibido antes. Seguramente creía que si le pedía perdón, ella cedería.

Pero se equivocaba. Una vez más.

—Las súplicas están prohibidas aquí.

—¿Y arrodillarse? —preguntó él.

—Eso también —le costó un gran esfuerzo no sonreír.

—No le das mucho cuartel a un hombre, ¿eh?

—Solo cuando se lo merece.

—Fui un burro. Ya lo he admitido —Grant se puso pálido—. Pero si de veras no puedes ayudarme, me marcharé y no volveré a molestarte.

De repente, Kelly se sintió culpable. Pensó que quizá en lo más profundo se moría de ganas de hacer algo, cualquier cosa, relacionada con la ley. Y luchar contra un mandamiento judicial sería sencillo comparado con lo que solía hacer; a menos que el juez fuera un viejo cascarrabias que se creyera el Dios de por allí.

No la sorprendería que fuera el caso. Si era así, tendría que esforzarse. Los abogados de ciudad y los de campo eran como agua y aceite. Aun así, anhelaba aceptar. Cualquier cosa en vez de servir café y tartas.

—El que aún no me hayas echado a patadas me da esperanzas.

Kelly percibió un toque de excitación infantil en la voz de Grant, y eso le llegó al alma. Deseó que no la mirase así. No sabía definir exactamente ese «así», pero reconocía el deseo en un hombre cuando lo veía. Y aunque eso la incomodaba, también hacía que se sintiera como una mujer por primera vez en mucho tiempo.

—¿Quieres beber algo?

Grant alzó la cabeza de golpe. Había vuelto a sorprenderlo. Kelly se alegró; no quería que se sintiera seguro de ella.

–¿Sigues teniendo cerveza?

–Eso creo.

Regresó poco después con dos botellas de cerveza abiertas. A Kelly no le gustaba, pero decidió acompañar a Grant.

Bebieron en silencio unos minutos. Sorprendentemente, Kelly empezó a relajarse. Atribuyó el cambio a la cerveza, aunque solo había tomado dos sorbos. Le hacía efecto muy rápido, por eso casi nunca bebía. Pensando en eso, dejó la botella en la mesa y contempló cómo él echaba la cabeza hacia atrás y vaciaba media botella de un trago.

Tal vez no estaba tan cómodo ni seguro de sí mismo como quería hacerle creer.

–Han paralizado la tala.

–¿Disculpa? –Kelly parpadeó.

–No permiten a mis hombres cortar la madera que compré –Grant soltó un suspiro.

–Entonces, ¿ese tipo interpuso la demanda?

–Sí.

–¿Has hablado con él en persona?

–Aún no. Ahora mismo, seguramente es mejor que me mantenga lo más alejado posible, para no arrancarle la cabeza de los hombros.

–Me parece una medida inteligente –Kelly no pudo ocultar su sarcasmo, aunque no dudaba que Grant Wilcox hablaba en serio y sería capaz de hacer lo que se propusiera, incluso si tenía que herir a otra persona.

Se estremeció por dentro. Estaba planteándose la posibilidad de meterse en un lío.

–¿Vas a ayudarme? –Grant se había erguido y movido su enorme cuerpo hacia el borde del sofá.

Sentada frente a él, siguió en silencio, mordiéndose el labio. Sabía que se arrepentiría de su decisión, pero iba a hacerlo. No lo hacía por él, sino por sí misma; al menos eso se dijo.

A pesar de lo que le había dicho el médico, necesitaba un reto o se marchitaría hasta morir. Servir bebidas y comidas no era suficiente. Y su reciente ataque de llanto lo demostraba.

–No te prometo nada –dijo Kelly finalmente–, pero te daré el asesoramiento legal que necesites.

–Gracias a Dios –Grant suspiró con alivio.

–No le des las gracias aún. Y a mí tampoco. Tendrás que ayudarme. Soy buena abogada, pero no estoy familiarizada con la industria maderera. Solo sé que se cortan árboles en el bosque y se utiliza la madera para muchas cosas –hizo una pausa y sonrió–, incluido el papel higiénico.

Él soltó una risa y empezó a explicarle en detalle cómo funcionaba la industria y su parte en el proceso.

–Busco a propietarios de terreno que quieran vender parte de sus árboles. Los compro, los talo y los clasifico por tamaño y calidad. Después, llevamos la madera a las fábricas, donde se procesa y distribuye por todo el mundo.

–Así que si no talas, la empresa pierde, y mucho.

–Yo soy la empresa –afirmó Grant–. Y como ya mencioné, esto podría arruinarme.

—Sigue —pidió Kelly.

—Las cuotas por la maquinaria, que ahora está en el bosque parada, son de cincuenta mil dólares al mes.

Kelly soltó un gemido.

—Eso no es todo —dijo Grant—. Como había gastado el efectivo en árboles que ahora no se pueden talar, por culpa de la humedad, he tenido que pedir un préstamo para comprar estos.

—¿A cuánto ascienden el equipo y la madera?

—A cerca de cien mil al mes. Ya ves por qué tengo que arreglar esto cuanto antes —la voz de Grant sonó áspera—. Cuando mis trabajadores están parados, no tengo ningún ingreso.

—Eso tiene sentido.

—No puedo permitir que Holland o ese Ross sigan adelante con esta tontería. Si no reemprendo la tala pronto… —se detuvo y su rostro se contrajo.

—De acuerdo —aceptó ella—. Veré qué puedo hacer.

—¿De veras? —él pareció aliviado.

—Eso he dicho pero, de nuevo, no te hago ninguna promesa.

—No te preocupes, te compensaré.

—Esa es la menor de mis preocupaciones.

—Gracias —Grant carraspeó—. Te lo agradezco mucho.

Kelly se limitó a asentir.

—¿Te importa que te pregunte algo?

—Eso depende.

—No tiene nada que ver conmigo.

—Pregunta —dijo ella, a sabiendas de que debería cortar la conversación de raíz.

—¿Has estado llorando? —Grant hizo una pausa y ladeó la cabeza—. Parecías triste.

Kelly se puso rígida. Seguro que aún quedaban vestigios de su ataque de llanto. Debía de estar horrible, con la nariz roja y los ojos inyectados en sangre. Y chorretones de maquillaje en las mejillas.

Pero su aspecto daba igual. Ella no intentaba impresionarlo. Al menos, no en ese sentido...

—Estaba pensando en mi marido y mi hija.

Él pareció quedarse atónito, y un silencio sofocante invadió la habitación.

—¿Estás casada? —preguntó con áspera sorpresa.

Capítulo Siete

—No lo estoy —dijo ella con voz temblorosa, desviando la cara para evitar sus ojos interrogantes.

Aunque él pareció pasar del asombro a la perplejidad, no dijo nada. Siguió mirándola. Ella deseaba evitar su mirada, pero era imposible.

A veces tenía la sensación de que él podía ver a través de ella. Ningún hombre le había afectado de esa manera. Pero él no era cualquier hombre, lo había sabido desde el primer momento.

—¿Kelly?

No recordaba que él la hubiera llamado por su nombre antes con esa voz grave y sensual, que le paralizaba el corazón. Luchando por recuperar la compostura, inspiró con fuerza.

La verdad era que estaba encantada con que le hubiera pedido consejo. No por quién era él, sino porque ella volvería a trabajar en lo que más le gustaba en el mundo, el derecho. La idea la animaba muchísimo.

—¿Hola?

—Lo siento —musitó ella, sonrojándose.

—No lo sientas. No quería que olvidases que estoy aquí.

Ella casi se rio al oír eso. Era imposible que ocurriera, cuando su enorme cuerpo dominaba la habitación y el aroma fresco de su colonia la volvía loca. Pero no iba a decirle eso, ni siquiera insinuarlo. Cuanto antes se librara de él, antes recuperaría la compostura.

–Mira, perdona que haya mencionado a tu familia o que hubieras llorado. Obviamente, no es asunto mío.

Para su vergüenza, se le llenaron los ojos de lágrimas.

–Eh, ¿puedo hacer algo para ayudarte? –preguntó Grant con incomodidad–. Tú has accedido a salvarme el pescuezo. Tal vez pueda devolverte el favor.

–No lo creo –susurró ella, parpadeando para librarse de las lágrimas. Era muy embarazoso derrumbarse ante un hombre que era casi un desconocido. No solo la enfadaba, también le daba miedo. Había viajado hasta allí para recuperar el control de sus emociones, a curarse, para poder volver al trabajo y ser la abogada de éxito que había sido en otro tiempo.

Al ritmo que iba, regresaría a Houston en peor estado que cuando salió. Aburrimiento. Ese era el problema. Necesitaba algo que supusiera un reto y mantuviera su mente ocupada. Y gracias a ese hombre, lo tenía. Aunque parecía un caso sencillo, agradecía la oportunidad de volver a ejercer la abogacía.

Era ilógico que estuviera llorando en vez de sonriendo. Cuando recuperó el control, descubrió que Grant seguía mirándola. Sus ojos se encontraron un segundo y una chispa eléctrica saltó entre ellos.

Contuvo la respiración, no podía estar ocurriéndole eso a ella.

Percibía que él había notado esa misma chispa y reflexionaba al respecto mientras se aclaraba la garganta, agarraba el sombrero, y se ponía en pie para marcharse.

—Mi marido y mi hija murieron en un accidente automovilístico —las palabras se le escaparon.

Él se detuvo. El silencio volvió a dominar la habitación.

Kelly estaba demasiado anonadada para decir nada más. No podía ni moverse. Se sentía helada por dentro y por fuera. Algo debía de haberla poseído para barbotar la verdad de esa forma. Él ya se había disculpado por entrometerse en su vida y estaba listo para marcharse. No debía haber dicho nada.

Había vuelto a abrir la caja de Pandora, exponiendo su vulnerabilidad. Lo miró y, tal como había sospechado, él la escrutaba; el azul de sus ojos era tan oscuro que parecían negros.

—Eso es muy duro —dijo él con voz tensa.

—Sí —musitó ella—, lo fue. Casi me mató a mí, emocionalmente, quiero decir.

—Puedo imaginarlo. ¿Qué ocurrió?

Kelly tomó aire. Grant extendió el brazo y tocó su mano, pero la apartó rápidamente cuando las chispas volvieron a saltar entre ellos.

—No hace falta que contestes a eso —dijo él.

—Es la misma historia que habrás oído un

millón de veces –la voz de Kelly sonó apagada–. Un conductor borracho, adolescente, se metió en su carril a toda velocidad. Fue un choque frontal y todos murieron.

–Dios, lo siento.

–Yo también.

Siguió otro largo silencio.

–¿Cuándo ocurrió?

–Hace cuatro años.

Grant no respondió, pero ella vio cómo giraban los engranajes de su mente. Como todo el mundo, pensaba que ya debería haber superado la tragedia, que debería haber rehecho su vida.

–Sé lo que estás pensando –dijo con voz más fuerte.

–¿Sí? –Grant alzó las cejas–. ¿Y qué es?

–Que ya no debería sentir lástima de mí misma.

–De hecho, estaba pensando justo lo contrario.

Ella lo miró intrigada.

–Sí, me preguntaba cómo conseguiste mantener la cordura y seguir funcionando, sobre todo como abogada.

Esa respuesta la sorprendió tanto que se quedó boquiabierta.

–Tiempo –dijo por fin–. No creí a mi psiquiatra cuando me dijo eso, pero ahora sí. El tiempo es la mejor medicina para todo.

–Pero aún no estás curada del todo.

–No, y nunca superaré lo ocurrido. Por eso estoy aquí.

–Ahora conozco uno de tus secretos –dijo él con voz suave y amable.

–Supongo que el resto de la gente también se hace preguntas sobre mí, porque no encajo para nada en la cafetería.

–Eh, lo haces muy bien –Grant hizo una pausa y sonrió–. Excepto cuando tienes una taza de café en la mano. Entonces eres un poco peligrosa.

Ambos sonrieron.

–¿Cómo se llamaba tu niña? –preguntó él.

–Amber. Y mi marido, Eddie. También era abogado, pero en otra empresa.

–Suena como la perfecta familia americana.

–Lo éramos –afirmó ella con voz triste.

–No tenemos por qué hablar más de eso si no quieres. Tú decides.

–Mi médico dice que hablar es lo que debería hacer. No hablar del tema y enterrar el dolor en lo más profundo es lo que me ha hecho estrellarme y arder.

–Yo diría que eso es un poco fuerte.

–¿El qué?

–Decir que te has estrellado y ardido. A mí me parece que lo tienes todo bajo control.

–Te equivocas –desvió la mirada–. Estoy muy lejos de eso. solo tienes que preguntárselo a mi jefe.

Al oír la amargura que teñía su voz, Kelly controló su dolor y volvió a mirar a Grant. Él la miraba con compasión y eso la enfadó. No quería su lástima. Quería su... Antes de que el pensamiento tomara forma, lo rechazó.

Todo era una locura. No sabía lo que quería, y menos de ese hombre que estaba descontrolando su cuerpo y su mente. Si no tenía cuidado...

–¿Por eso estás aquí?

–Sí –Kelly se obligó a volver a la realidad. Tenía que poner fin a la conversación–. No estaba trabajando bien y mi jefe me sugirió que me tomara un tiempo.

–Pero tú no estabas de acuerdo –afirmó Grant.

Kelly se lamió el labio inferior. Vio cómo él seguía el movimiento de su lengua con los ojos y rechazó la sensación que eso le provocaba.

–Al principio no, pero después comprendí que tenía razón. En realidad, nunca llegué a llorar la muerte de mi familia. Enterré el dolor en un lugar tan profundo de mi corazón que no podía salir a la superficie.

–Y un día afloró. Inesperadamente.

–Exacto. Me quedé en casa varias semanas, durante las cuales lloré y tuve ataques de rabia. También tiré y rompí objetos, pero al menos me enfrenté al dolor. De repente, Ruth me llamó, y aquí estoy.

–Pero no por mucho tiempo.

–El día que regrese Ruth, me iré –aclaró ella con una sonrisa inexpresiva.

–Este pueblucho aburrido no es para ti, ¿eh?

–Tú lo has dicho.

–Hubo un tiempo en que yo pensaba igual.

Kelly abrió los ojos de par en par.

–Como sabes, no siempre he vivido aquí.

–Eso dijiste, pero pareces haber encontrado el huequito perfecto.

–En otras palabras, no he tardado mucho en convertirme en un pueblerino.

–No quería decir… –Kelly se ruborizó.

–Claro que sí, y no importa. Me encantan estos bosques y la gente que vive en ellos.

–¿Y si te quedas sin árboles que talar por aquí?

–Eso no ocurrirá.

–¿En serio?

Él soltó una risita y se inclinó hacia delante.

Kelly captó el aroma de su colonia, que volvió a asaltarle los sentidos. Intentó simular que no la afectaba, pero cada vez era más difícil. Ese hombre tenía que marcharse, sobre todo porque el tórrido beso que habían compartido estaba muy presente en su mente. Si llegaba a pensar en lo que había sentido cuando su dedo le rozó el pecho, tendría problemas muy serios.

–Esta zona es el paraíso para un forestal –dijo él, devolviéndola a la realidad–. No creo que me quede sin árboles nunca.

–Eso es un plus para ti.

–No importa, me encanta este sitio y, con suerte, no tendré que abandonarlo.

–Eso lo entiendo –dijo Kelly con voz vigorosa–. A mí me encanta la ciudad y no la abandonaré nunca.

–Hace mucho que aprendí a no decir nunca –le lanzó una mirada calculadora.

–¿Eso incluye el matrimonio? –ella se indignó consigo misma por preguntarlo. Le daba igual que hubiera estado casado o pensara casarse en el futuro. El que la hubiera besado con furia no le daba derecho a indagar en su vida personal–. Disculpa, no es asunto mío.

–No es problema –alzó los hombros y sonrió–. No me opongo al matrimonio, ahora que me he asentado en un sitio. Supongo que no he encontrado a la potrilla adecuada todavía.

Ella sintió una oleada de disgusto. La potrilla adecuada. Ese tipo de lenguaje le recordó de nuevo que no tenía nada que ver con ese hombre y que estaba perdiendo el tiempo al mantener una conversación personal con él. Iba a ser su cliente, nada más.

Lo acompañó hasta la puerta, unos pasos más atrás, y volvió a fijarse en sus andares, que hacían justicia al trasero masculino más firme y atractivo que había visto en su vida. Al ver el rumbo que tomaban sus pensamientos, Kelly rezongó una palabrota.

–¿Decías algo? –preguntó él, volviéndose.

–No –forzó una sonrisa.

–Sigues pensando en ayudarme con el requerimiento judicial, ¿verdad? –preguntó él, serio.

–¿Estás seguro de que quieres que lo haga, ahora que sabes que mi empresa no confía mucho en mí en estos momentos?

–No pongas excusas tontas –protestó Grant.

Ella titubeó.

–No puedes abandonar el barco ahora.

–Te dije que haría lo que pudiera, y pienso mantener mi palabra –hizo una pausa–. solo espero que no tengas que arrepentirte.

–No me arrepentiré –murmuró él, mirándola como si pudiera comérsela.

Ella se dijo que no podía permitir que le afectase. Sus sentimientos eran puramente físicos. Si los ignoraba, desaparecerían.

—Sabes lo que me gustaría hacer ahora, ¿verdad? —la voz sonó aún más ronca y grave.

Kelly se sentía como si estuviera a punto de tener un infarto. Lo miró sin decir nada.

—Me gustaría besarte hasta quitarte el aire.

«¿Y por qué no lo haces?», estuvo a punto de decir ella. Pero venció el sentido común.

—No creo que sea buena idea.

—Yo tampoco —la desnudó con ojos ardientes—. Porque una vez que empezase, no me bastaría con un beso.

Kelly siguió parada, inmóvil, la sangre le martilleaba los oídos. Grant se puso el sombrero y carraspeó.

—Me marcho.

Cuando la puerta se cerró a su espalda, Kelly obligó a sus piernas a llevarla al sofá. Se dejó caer y se apretó el estómago, la cabeza le daba vueltas.

¿En qué se había metido?

Capítulo Ocho

–¿Tienes un minuto?

Grant torció el gesto al oír la voz de su banquero, Les Rains.

–Montones de ellos. ¿Por qué?

–Vamos a quedar a tomar un café.

–¿Dónde? –preguntó Grant, deseando que no sugiriese el Sip´n Snack.

–Sip´n Snack, ¿qué otra cosa hay en el pueblo?

–Te veré enseguida –Grant suspiró–. Cerró el móvil y se encaminó en esa dirección.

Por más que deseaba ver a Kelly, se resistía a hacerlo, incluso por negocios. Le gustaba demasiado estar con ella, y eso le preocupaba. La última persona que necesitaba ver en ese momento era la mujer que pulsaba sus teclas, en más de un sentido. Sin embargo, más le valía acostumbrarse, porque iba a representarlo. Le gustara o no, era la única abogada del pueblo.

Mayor razón para mantener la guardia. Tenía demasiada carga del pasado para él. De ningún modo deseaba competir, no lo haría, con los recuerdos de un hombre y una niña fallecidos. Iniciar una relación con esos antecedentes sería un suicidio.

Suponía que ningún hombre estaría a la altura de su esposo. Diablos, Grant ni siquiera quería probar. Cuando se casara, si lo hacía, su esposa sería una mujer bella enamorada del aire libre, como él. Trabajaría a su lado en el jardín, e incluso haría conservas de frutas y verduras. La imagen de Kelly Baker haciendo algo así le daba risa.

No. No era la mujer para él. Pero tenía que admitir que era atractiva, y lo excitaba. Por tentado que estuviera, haría mejor limitando su relación a lo estrictamente profesional. Además, cuando Ruth regresara, Kelly se marcharía de Lane.

Grant no tenía ninguna intención de permitir que se llevara su corazón con ella, dejando un agujero en su vida tan grande como el cráter de un volcán. No, era demasiado listo para eso.

Unos minutos después entró en Sip'n Snack. Les Rains ya estaba sentado con una taza de café. Al principio, Grant no vio a Kelly hasta que salió de detrás del mostrador. Se detuvo al verlo.

Sus ojos se encontraron durante lo que pareció un momento interminable. Después, ella lo saludó con la cabeza y se dirigió hacia una mesa que acababa de ocupar un pareja. En cuanto había entrado, había percibido su dulce perfume. No se atrevía a mirar hacia abajo, pero estaba convencido de que su reacción era visible en la entrepierna de sus vaqueros.

–La recordarás la próxima vez que la veas.

Grant miró al banquero, cuyo rostro era tan redondo como su cuerpo. Les no estaba gordo, era fuerte como un toro, porque asistía al gimnasio a diario. Decía que eso lo mantenía cuerdo para enfrentarse con gente rara todo el día. Grant no envidiaba en absoluto su trato con la gente; sobre todo cuando el tema era el dinero. Prefería con mucho la maquinaria y los árboles.

–¿A qué te refieres? –preguntó Grant con voz ruda, sentándose.

–A cómo la estabas mirando –Les resopló–. ¿Qué pasa? ¿La conoces o algo?

–En cierto modo.

–Sabes explicarte mejor que eso, amigo –Les lanzó a Grant una mirada de incredulidad.

–¿Y si no quiero hacerlo?

–Tenías aspecto de poder comértela con una cucharilla, si hubieras tenido una –Les sonrió.

–Bueno, es un gusto para los ojos. Y no estoy muerto. ¿Entonces…? –Grant dejó la pregunta abierta a propósito.

–Ya empezaba a inquietarme –la sonrisa de Les se hizo más amplia–. Hace mucho que no te veo con una mujer, ni te oigo hablar de una.

–Estoy demasiado ocupado trabajando.

–Eso es basura.

Grant se encogió de hombros.

–¿Quién es? ¿Y qué está haciendo aquí?

–Es la prima de Ruth, Kelly.

–Eh, no te culpo por mirarla de arriba abajo. Chico, es despampanante, no lo que uno espera encontrarse trabajando en un sitio como este, aunque tenga más clase que ningún otro de Lane.

–Ruth tiene problemas y está sustituyéndola.

Grant cerró la boca y observó a Kelly llevar café

y bollos a la mesa que había frente a ellos. Ese día llevaba unos vaqueros de corte bajo, un cinturón ancho y un suéter negro de cuello vuelto. De sus orejas colgaban unos pendientes brillantes. Les tenía razón; era despampanante, sobre todo ese día. El conjunto acentuaba todos sus puntos positivos.

Para que no lo viera mirándola, giró la cabeza. Poco después, Kelly llegó a la mesa.

—Buenos días —saludó.

—A ti también —dijo Grant. Alzó la cabeza y sus ojos se cruzaron un milisegundo.

—¿Café?

—El más fuerte que tengas.

—Volveré enseguida.

Cuando les sirvió y se fue, Les volvió a reírse.

—Otra vez. ¿Qué hay entre vosotros? He visto cómo te miraba. Algo ocurre, pero si no quieres contármelo, me parece bien.

—En realidad es abogada.

—¿Ella? —la sonrisa de Les se esfumó—. ¿Abogada?

—Eso he dicho —afirmó Grant con voz tensa.

—Entonces, ¿por qué está aquí?

—Esa es otra historia y, francamente, no es de tu incumbencia.

—¿Eso opinas?

—Sí.

—Supongo que ya se ha convertido en incumbencia tuya.

—No sabes cuándo rendirte ni cuándo callarte, ¿verdad? —Grant tuvo que tragarse una palabrota.

–No.

–Va a ayudarme a levantar el mandamiento judicial, dado que Matt está fuera del país. ¿Satisfecho?

–Más o menos. Nunca pensé que Matt mereciera la pena, por cierto.

Grant ignoró el comentario de Les sobre su abogado. Eso daba igual. Lo único importante era poner a sus hombres y su maquinaria en marcha de nuevo. Esperaba que Kelly pudiera conseguirlo. Se moría de ganas de preguntarle si había empezado a trabajar en el caso, aunque lo dudaba, porque lo habían discutido el día anterior. Aun así, se moría de impaciencia.

Cada segundo de retraso le costaba tiempo y dinero.

Tenía la esperanza de que empezase esa tarde. Por esa razón, no pensaba molestarla en casa, aunque deseaba hacerlo. Y la razón no tenía que ver con el caso.

–¿Ha hecho algo ya? –preguntó Les.

–Aún no, estoy seguro.

–Necesita ponerse en marcha.

Grant frunció el ceño. Iba a responder cuando llego Kelly con una cafetera llena. De nuevo, se le aceleró el corazón al verla. Maldijo su libido y sus emociones.

–¿Queréis más? –preguntó ella.

–No, gracias –repuso Les–. Quizá más tarde.

Ella asintió, se dio la vuelta y se fue. Grant no pudo evitar admirar el lindo balanceo de su trasero. Nada le habría gustado más que poner las manos sobre él, hacerla girar y besarle los labios húmedos y carnosos. Le costó toda su fuerza de voluntad dejar de pensar en ella, pero lo hizo. Había demasiado en juego.

—Sigues apoyándome en lo del dinero, ¿verdad? —preguntó Grant, llevándose la taza a las boca.

—Te daré tanto tiempo como pueda —respondió Les—. Pero los demás no serán tan comprensivos —hizo una pausa—. Si tardas en arreglar este lío, quiero decir.

—Entiendo —a Grant los nervios le atenazaban el estómago—. Por eso me alegra haber hablado contigo. Necesito informar a Kelly de lo que esté sucediendo.

Charlaron un rato más, hasta que Les terminó su café y se marchó. Grant fue hacia la barra y se sentó en uno de los taburetes. Kelly estaba de espaldas a él pero, como si percibiera que alguien la observaba, se dio la vuelta. Un velo inexpresivo le cubrió los ojos y el rostro.

—Solo quería decirte adiós y pedirte que me llames cuando sepas algo.

—Lo haré —le sonrió débilmente.

Sus ojos mantuvieron el contacto un momento más. Después, él se levantó y salió. Lo asustaba la fuerza de sus emociones; maldijo todo el camino hasta llegar a la furgoneta.

Capítulo Nueve

Tras utilizar el ordenador de Ruth para investigar casos similares al de Grant, Kelly decidió que el siguiente paso era ir al juzgado del condado. Wellington, su sede, estaba solo a treinta kilómetros.

Al día siguiente, al cerrar la cafetería, fue en coche hacia allí y presentó una moción para que se levantara el mandamiento judicial y Grant pudiera volver a trabajar lo antes posible.

No estaba segura de lo que ocurriría. Si Larry Ross era de esa zona, el juez Winston podría extender el mandamiento, en vez de levantarlo; simplemente porque así funcionaban con los suyos en los pueblos pequeños.

Era injusto, pero Kelly había descubierto hacía tiempo que el sistema legal de Estados Unidos tenía muchos agujeros. Aun así, era uno de los mejores del mundo, y se sentía orgullosa de formar parte de él.

Ya estaba de vuelta en Lane, a punto de aparcar en casa de Ruth, cuando frenó de repente.

La furgoneta de él estaba ante la casa. Kelly se quedó inmóvil un segundo, respirando con agitación. Se preguntó por qué Grant tenía un efecto tan adverso sobre ella. Hacía que pensara y actuara de una forma totalmente inusual en ella.

A pesar de la atracción que sentía por él, Kelly seguía firme en su decisión de no entablar una relación con otro hombre. El precio era demasiado alto. La amistad era suficiente.

Sin duda, la volvía loca, además de hacer que se sintiera consciente de su cuerpo, le había despertado deseos que creía muertos hacía tiempo. Se había equivocado, estaban vivos, y mucho. La clave para no rendirse a esos deseos era tener fuerza de voluntad y testarudez.

Con piernas temblorosas, bajó del coche. Grant se reunió con ella a medio camino. Su rostro tenía el mismo aspecto que cuando le habló de Larry Ross: el de una tormenta a punto de estallar. Ella cuadró los hombros, esperando malas noticias.

–¿Dónde diablos has estado? –exigió él con aspereza.

Sorprendida por el súbito ataque, Kelly ensanchó los ojos. Al mismo tiempo, sintió una oleada de ira.

–¿Disculpa?

–Me has oído.

–¿Cómo te atreves a hablarme así?

–¿Cómo te atreves a desaparecer sin más?

–Eh –replicó ella–. No tengo por qué darte explicaciones.

Grant farfulló una palabrota y se frotó la nuca, como dándose tiempo para recuperar el control de su frustración y su mal genio.

–Mira, no pretendía atacarte.

–Pues lo has hecho.

–Kelly…

–Apártate de mi camino –dijo ella, ignorando el tono suplicante de su voz.

–¿Adónde vas?

–Dentro de casa, lejos de ti. Ningún hombre me habla así. Y menos uno a quien apenas conozco.

Grant, comprendiendo que había cometido un grave error, la miró contrito.

–Oye, lo siento. Lo siento de veras.

Kelly forcejeó con su conciencia. Le habría encantado mandarlo a paseo, al infierno incluso, pero no lo hizo.

–Me temo que «lo siento» no basta.

–Estaba preocupado, eso es todo.

Ella lo miró con incredulidad y se preguntó por qué no lo rodeaba, entraba en casa y acababa con esa tontería. Tal vez fuera por la mirada desesperada de sus ojos, o porque estaba muy atractivo con el sombrero negro, vaqueros, camisa blanca y botas. Por no mencionar su olor.

–¿Por qué ibas a estar preocupado por mí?

–No lo sé –Grant estaba un poco pálido–. No estabas en la cafetería ni aquí, y pensé que tal vez… –calló y se frotó la nuca con fuerza–. Diablos, no sé qué pensé.

–No voy a marcharme, Grant. Dije que te ayudaría y lo haré –contempló cómo todo su cuerpo parecía relajarse.

–El tiempo va en contra –dijo él, unos segundos después, con un tinte de desesperación en la voz.

—Lo sé –afirmó ella, con tanta paciencia como pudo.

—He hablado con mi banquero, y los mandamases del banco están muy nerviosos respecto a la cantidad de dinero que debo –explicó Grant–. Enterarse de lo del mandamiento judicial ha sido un agravio y un insulto.

—No es tan grave como podría haber sido –dijo Kelly–. Mientras tú te dedicabas a perder los nervios, yo estaba trabajando para ti. Acabo de regresar de Wellington, ya he interpuesto una demanda para que se levante el mandamiento.

Los rasgos de Grant denotaron alivio y remordimiento a la vez.

—Si quieres darme una patada en el trasero, me pondré en posición.

—Algo me dice que eso no serviría de nada –supo que había acertado, porque él se sonrojó.

—¿Tienes algo que hacer ahora mismo? –preguntó él de repente.

—No, pero… –Kelly frunció el ceño.

—Ven conmigo al emplazamiento, ¿quieres? Pete está fuera y tengo que revisar la maquinaria antes de que oscurezca. Por el camino puedes contarme los detalles de tu viaje a Wellington.

—No estoy vestida para ir al bosque –protestó Kelly.

—Eso no importa. No tienes que bajar de la camioneta si no quieres.

—¡Tendría más éxito discutiendo con un árbol que contigo! –Kelly alzó las manos, derrotada.

En cuanto subió a la camioneta, que olía igual

que Grant, Kelly se tensó. Acceder a ayudarlo probablemente era lo más tonto que había hecho en mucho tiempo.

Pero estaba deseando volver a ejercer. Hasta el momento, había disfrutado con cada minuto del caso. Solo entrar al juzgado había hecho que le subiera la adrenalina.

—Te prometo que me comportaré bien —comentó él, como si captara su intranquilidad.

—Muy gracioso —replicó ella, irónica.

—Eh, tranquila —dijo él, arrancando el motor—. Sé cómo te sientes respecto al bosque, pero te aseguro que estarás a salvo.

En ese momento lo que menos le preocupaba era el bosque, pero no iba a decírselo.

—¿Hablaste con el juez Timmons? —preguntó

—Sí, pero no es el juez que se ocupará de tu caso.

—Eso es un alivio. He oído decir que puede llegar a ser insoportable.

—Conmigo fue muy agradable.

—Eres una mujer guapa, y él tiene fama de donjuán —Grant la miró de reojo.

—Debe de tener ochenta años.

—Ese viejo truhán todavía es un conquistador, al menos eso dicen las malas lenguas.

Ella volvió la cabeza para que no viera su sonrisa.

—Disculpa, no pretendía avergonzarte.

—No estoy avergonzada —volvió a mirarla—. Pero pensar en él con una mujer… —calló, ruborizándose por lo que había estado a punto de decir.

—Estoy completamente de acuerdo —Grant echó la cabeza hacia atrás y soltó una carcajada. Después, la miró con curiosidad—. Si Timmons no es quien dictó el mandamiento judicial, ¿por qué hablaste con él?

—Él y el fundador de mi empresa se conocen de hace tiempo. Nos encontramos y me preguntó quién era…, así que charlamos un rato.

—Entonces, ¿quién se ocupa de mi caso?

—El juez Winston. No sé nada de él, excepto que el mandamiento es temporal, y eso juega a tu favor. En otro caso, podría alargarse infinitamente.

—Eso no puede ocurrir —Grant tensó el rostro.

—Claro que puede. Pero intentaré impedirlo. Con suerte, conseguiré que la vista se celebre pronto. Entonces, Winston podrá exigir que se cumpla el decreto, restringirlo, o cancelarlo.

—¿Cuándo puedes conseguir esa vista?

—Nos han incluido a finales de la próxima semana.

—¿Eso es lo mejor que pudiste conseguir?

Era obvio que Grant no estaba al tanto de cómo funcionaban los juzgados.

—Dadas las circunstancias, deberías estar más agradecido —dijo con tono irritado.

—Tienes razón, debería agradecerte de rodillas todo lo que consigas —Grant se mordió el labio.

—Con un simple «gracias», bastará.

No dijeron nada más hasta que Grant entró en una carretera que llevaba a una zona despejada, con montones de troncos. Había varias piezas de maquinaria muy grandes. Kelly nunca había visto una zona de tala y se dejó llevar por la curiosidad.

–Parece que ya está talada toda la madera.

–Apenas hemos empezado. Lo que estás viendo es una explanada de almacenaje. En cada emplazamiento despejamos una zona en la que apilamos la madera y guardamos el equipo.

Grant bajó del vehículo y ella lo siguió.

–Pensé que no querías bajar –la miró con los párpados entrecerrados.

–He cambiado de opinión.

–Como quieras, pero ten cuidado.

–¿Hay serpientes por aquí?

–Hace demasiado frío para que estén de paseo –le sonrió con un indulgencia y a ella se le derritió el corazón–. Los agujeros en el suelo serán tu peor enemigo, así que anda con cuidado.

–Me quedaré cerca de ti.

–No veo la deslizadora de troncos –Grant miró a su alrededor–. Tengo que echarle una ojeada.

–No sin mí, desde luego –dijo Kelly mirando las sombras entre los árboles y estremeciéndose.

–De acuerdo, ven, pero ten cuidado.

–¿Qué son esas marcas en los árboles? –preguntó, caminando tan cerca de él como podía, pero sin tocarlo.

–Esos son los árboles que hay que talar.

–Ahora entiendo. Quedan montones.

–También entenderás por qué el tiempo es crítico. Si no talamos, nadie gana dinero. Ni yo, ni los trabajadores, ni el banco.

–¡Ay! –gritó Kelly, notando que el pie derecho se le hundía en el suelo y se torcía.

Grant la agarró antes de que cayera de rodillas.

–¿Te lo has torcido? –preguntó preocupado.

–No creo –contestó Kelly pisando con el pie, pero apoyándose en su hombro. El incidente la había asustado.

–Ya veo la deslizadora –dio Grant con voz áspera–. Ven, voy a llevarte de vuelta a la camioneta.

Veinte minutos después, Grant aparcó ante la casa de Ruth. Ninguno de los dos había hablado mucho por el camino. Kelly habría querido hacerle más preguntas sobre su trabajo, pero como no parecía estar hablador, se mantuvo en silencio. Además, tenía el tobillo dolorido y eso la ponía furiosa consigo misma. Si se hubiera quedado en el vehículo, no habría ocurrido nada.

En realidad, no había sido nada serio. Después de un baño caliente con sales, se sentiría mucho mejor.

–Espera, te ayudaré a bajar –dijo Grant, después de apagar el motor.

–Estoy bien. Puedo andar sola.

Él se encogió de hombros pero fue a abrirle la puerta de todas formas. E hizo bien, porque cuando se puso en pie y dejó el peso en el pie, puso una mueca de dolor. Él la agarró de inmediato.

–Gracias, pero estoy bien.

–Eso es bueno –masculló Grant. Antes de que se diera cuenta de lo que ocurría, la había alzado en brazos y llevado a la casa–. Estoy seguro de que el tobillo se pondrá bien. ¿Qué me dices del resto de ti? ¿Adónde te llevo? –preguntó, deteniéndose en medio de la sala–. ¿Sofá o dormitorio?

Ella no se atrevió a mirarlo por miedo a que

leyera en sus ojos. Todos los nervios de su cuerpo estaban en alerta, sintiendo el contacto de sus brazos.

–¿Qué te parece el sofá? –preguntó él, al ver que ella no contestaba. Su voz sonó grave y ronca. Kelly tenía la garganta tan cerrada que se limitó a asentir. Él la colocó sobre los cojines.

Entonces, pareció quedarse helado. No apartó las manos ni el rostro, que estaba a centímetros del suyo.

Capítulo Diez

Kelly se quedó sin aliento. Iba a besarla de nuevo y no lo detendría. De hecho, tuvo que contenerse para no alzar los brazos y bajar la cabeza hasta sus labios, de tanto como lo deseaba. Pero, para su sorpresa y decepción, Grant se echó hacia atrás.

–Deja que eche un vistazo a tu tobillo –dijo.

Se arrodilló y le quitó el zapato y el calcetín. Ella se tensó para no reaccionar al sentir sus dedos callosos recorriéndole el pie y el tobillo, presionando suavemente la zona hinchada.

–Estarás bien. No hay nada roto –dijo él cuando acabó. Sus ojos brillaban como ascuas.

–¿Crees que solo está dolorido?

–Sí –repuso Grant–. Y poco. Pero prueba a apoyarte en él.

Ella obedeció y no tuvo ningún problema.

–Duele un poco, pero está bien. Mientras no esté roto, no tendré problemas.

–Tal vez debería ayudarte a llegar al dormitorio, de todas formas –Grant se irguió.

–Puedo hacerlo sola –Kelly desvió la mirada.

–No voy a saltar sobre ti, Kelly.

–Ya lo sé –dijo ella con tono seco. No sabía por

qué la había irritado. Tal vez estuviera decepcionada porque no había saltado sobre ella. ¡Sí, así era!

–Solo quería aclararlo, por si tenías alguna duda.

–Será mejor que te marches –empezó a temblarle la barbilla y giró la cabeza.

–Tienes razón, debería –aceptó él.

–Espero que no te importe que no te acompañe a la puerta –se obligó a decir ella, sin mirarlo.

Lo oyó moverse pero, de repente, el sofá se hundió a su lado. Giró la cabeza al mismo tiempo que Grant gemía, la apretaba contra sí y, con ojos oscuros de deseo, clavaba los labios duros y húmedos en los suyos.

Perdida, Kelly se abrazó a él, devolviéndole el beso; sabía que la situación podía descontrolarse rápidamente, pero le daba igual.

–No pretendía que ocurriera esto –susurró él entre besos frenéticos, inclinándose sobre ella de modo que sus senos se apretaran contra su musculoso pecho.

–Yo tampoco –admitió ella sin aliento, abrazándose a él como si nunca fuera a dejarlo marchar.

–¿Quieres que pare? –su voz sonó áspera como papel de lija.

–¿Quieres parar?

–Dios, no.

–Entonces no lo hagas –se preguntó cómo podía haber dicho eso a un hombre que no era su marido. Pero la respuesta era fácil: su cuerpo la había traicionado.

Grant volvió a adherirse a su boca y la tumbó sobre los cojines. Entonces los dos se pusieron un poco salvajes, probando y succionando con tanta pasión dura y húmeda que Kelly se sentía como si la cabeza fuera a explotarle. Sabía que si se atrevía a tocar sus senos o algún otro lugar íntimo, tendría un orgasmo.

Entonces fue cuando hizo justo eso.

Con un gruñido, se echó hacia atrás y, sin dejar de mirarle a los ojos, le retiró la camisa. Inmediatamente, sus senos se desparramaron ante él.

—Tan bellos, tan preciosos —murmuró, con los ojos muy abiertos.

Kelly se sintió impotente ante las oleadas de sensaciones que le recorrieron el cuerpo cuando su lengua bañó primero un pezón y luego el otro. Fue suficiente para conseguir justo lo que ella había temido: un orgasmo.

Mientras los espasmos entre sus muslos seguían y seguían, él enterró los labios en su cuello.

—Oh, Kelly, cuánto te deseo —musitó. Le agarró la mano y se la colocó sobre el bulto prominente que ocultaba la cremallera de sus vaqueros.

Ese movimiento fue el catalizador que devolvió a Kelly a la realidad. Sin previo aviso, apartó la boca de la suya y lo empujó para que se alejara. Pero seguía sin aliento. Solo podía estar inmóvil, sintiendo aún cómo sus labios y lengua la habían acariciado, robándole la mente y el sentido.

—Kelly, yo… —su voz se apagó, como si no tuviera palabras. Se levantó y fue hacia la chimenea—. Si esperas una disculpa, olvídalo —dijo con voz tensa.

–No quiero una disculpa.

–Me alegro –Grant soltó el aire lentamente.

–Pero no sería nada inteligente convertir esto en un hábito.

–Yo he disfrutado bastante –sus labios se curvaron con una mueca.

–Precisamente por eso –dijo ella con ironía.

–Te entiendo muy bien, pero eso no significa que tenga que gustarme lo que dices.

–A mí tampoco me gusta, pero ambos sabemos... –se detuvo abruptamente.

–Que esto no puede ir a ningún sitio –Grant acabó la frase por ella.

–Correcto. No tenemos futuro juntos –su voz apenas se oyó. Aún temblaba por cómo le había afectado, aún ardía por dentro. Si él intentase tocarla de nuevo, estaría perdida. Bajó la cabeza para ocultar sus pensamientos.

–Kelly, mírame –pidió él con voz suave. Ella obedeció–. Te deseo tanto como tú a mí. Probablemente más –afirmó.

Hizo una pausa y bajó la mirada. Ella copió el gesto y su pecho se tensó. El bulto que había tras la cremallera era muy visible.

–¿Qué puedo decir? –él encogió los hombros y sonrió de medio lado–. Tiene voluntad propia.

Kelly se ruborizó y desvió la mirada.

–Si me marcho, ¿seguro que estarás bien? –Grant hizo una pausa y tomó aire–. Por el pie, quiero decir.

–Estaré perfectamente –respondió Kelly, con más convicción de la que sentía en realidad.

–Entonces, me iré.

Ella oyó un titubeo y desgana en su voz, pero optó por no tenerlo en cuenta. Cuando llegó a la puerta, Grant se volvió hacia ella.

–Gracias por acompañarme.

–Gracias por llevarme –dijo ella con voz tensa.

–Bien –salió y cerró la puerta a su espalda.

Se preguntaba cómo había vuelto a ocurrir.

La noche anterior fue lo primero que se le pasó a Kelly por la cabeza al despertarse. Aunque no había querido involucrarse más con Grant, la vida no siempre iba como uno deseaba. Lo había aprendido, de la peor manera, hacía tiempo.

Grant y ella eran adultos sin compromiso, así que nada impedía que compartieran un beso o dos.

Kelly hizo una mueca. Tenía que admitir que había sido mucho más que eso. Habían emprendido un baile físico sin paliativos. Estremeciéndose, miró el reloj, salió de la cama y fue al cuarto de baño. Avanzó lentamente, por el pie y por sus pensamientos sobre Grant.

Se preguntó por qué tenía que saber tan bien y tener un tacto tan fantástico. Nunca había pensado en esas cosas con respecto a Eddie.

Tener pensamientos eróticos con respecto a Grant en cierto modo suponía traicionar a su marido muerto.

Se vistió, se miró en el espejo, convencida de que debía de haber evidencia tangible de que algo le había ocurrido: mejillas sonrosadas, brillo en los ojos, algún indicativo de que Grant y ella se habían hecho el amor con los labios.

No percibió nada distinto.

Con la confianza de que su secreto estaba a salvo, Kelly fue a la cocina y se preparó un té, después telefoneó para concertar una cita con Taylor Mangunm, el abogado de Larry Ross. No le había contado a Grant sus planes porque podían no fructificar. Pero si quería salvarlo de la bancarrota, tenía que moverse rápido.

Agarró el bolso y salió, temiendo su próximo e inevitable encuentro con Grant.

Debería haberse guardado las manos, y la boca, para sí, pero no lo había hecho y no tenía sentido flagelarse por algo que no podía cambiar.

En cuanto Ruth regresara, Kelly Baker se iría de esos bosques como alma que lleva el diablo. Y no podía culparla. Lo entendía bien, porque él sentía lo mismo con respecto a la ciudad. Si él hubiera estado en el caso de tener que hacer un favor a un amigo, por ejemplo en Houston, habría estado contando los días que faltaban para volver al campo.

Sin embargo, la idea de que ella se fuera lo deprimía. Y no era capaz de enfrentarse al porqué.

Había deseado arrancarle la ropa, bajarse la bragueta, subírsela al regazo y hacer que lo montara hasta que ambos quedaran exhaustos.

Si no se hubiera apartado cuando lo hizo,

Grant habría perdido el control y hecho exactamente eso, estropeándolo todo. ¡Era su abogada! Debía recordarlo.

Le sonó el móvil y puso fin a su tortura. Era Pete.

–¿Dónde estás?

–Voy hacia casa de Holland –contestó Grant–. Creía que te lo había dicho.

–No, pero no importa.

–¿Qué ocurre?

–Nada. Ese es el problema. Los trabajadores empiezan a ponerse nerviosos, Grant. Incluso están hablando de marcharse.

Grant no se sorprendió, pero notó que le subía la tensión sanguínea y eso lo irritó.

–Por eso voy a ver a Holland, para presionarlo y poder hablar con el supuesto hermano ilegítimo.

–Buena suerte.

–Entretanto, Kelly sigue trabajando en la parte legal. Pide a los hombres que aguanten unos días más. Todo se arreglará.

–Mantenme informado.

Pete concluyó la conversación justo cuando Grant llegaba al rancho de Holland. Por suerte, Dan estaba trabajando en la carretera de entrada. Se apoyó en la pala y esperó a que Grant fuera hacia él.

–Nada ha cambiado –dijo Dan, con voz tensa.

–Quiero hablar con Ross.

–No me parece buena idea. Como familia, hemos decidido que lo correcto es arreglar esto en el juzgado.

–Eso está muy bien para ti y tu familia –dijo Grant, rebosando sarcasmo–, dado que aceptasteis mi dinero y lo invertisteis. Yo, por otro lado, no tengo nada.

–Sé que no parece justo que a nosotros nos vaya bien y tú tengas problemas, pero… –Dan palideció.

–Déjate de condescendencias, Holland, y actúa como un hombre. Saca a tu hermano de escena. Lo correcto es que mantengas tu parte del trato. Tú aceptaste mi dinero y te considero a ti responsable de todo.

–Lo sé, y me siento responsable.

–Entonces, evitemos un juicio. Arreglemos esto entre nosotros.

–Ojalá pudiera.

–Escucha, amigo, estás destrozando mi compañía. Me vas a llevar a la ruina.

–Créeme, lo siento –Holland mantuvo una expresión estoica–, pero no tengo más remedio que seguir con mi plan. Mis hermanos piensan lo mismo.

–Si quieres saber mi opinión, sois una panda de imbéciles por permitir que ese supuesto hermanastro os tome el pelo.

Holland tensó la espalda y lo miró fijamente. Grant sintió la tentación de tumbarlo de un puñetazo, pero apretó los labios y le devolvió la mirada.

–Oh, no –masculló Dan, mirando por encima del hombro de Grant.

Grant giró en redondo y vio a un hombre desconocido rodear la casa e ir hacia ellos. Sintió una descarga de adrenalina al comprender quién era el tipo. Parecía que el día tomaba mejor rumbo.

–Vaya, vaya, el viejo Larry en persona.

–No empieces nada, Wilcox –advirtió Dan.

–¿O qué?

–O te arrepentirás.

–Ya me arrepiento de haber hecho negocios contigo.

Dan abrió la boca, pero la cerró cuando Larry Ross se detuvo a su lado. Como si percibiera la tensión en el aire, el hombre no dijo nada. Miró de Grant a Dan.

Ross era alto, pero delgado y pálido; Grant supuso que si las cosas se ponían feas, podía derribarlo con una mano atada a la espalda. Esperaba no tener que llegar tan lejos, pero haría lo que fuera necesario para que sus trabajadores reiniciaran la tala de los árboles que había comprado.

–Grant Wilcox, Larry Ross –farfulló Dan.

–No tengo nada que hablar contigo –Larry se tensó visiblemente.

–Pues es una lástima, porque yo tengo mucho que decirte a ti.

–Tampoco tengo por qué escucharte.

–¿Quién lo dice? –Grant lo pinchó a propósito, por puro disfrute.

–Mi abogado.

–Escucha, ¿no podemos ser civilizados? De hombre a hombre. ¿Dejar fuera al juzgado?

–Yo estoy a gusto utilizando el juzgado.

Grant dio un paso hacia delante. Ross retrocedió, con el miedo pintado en la cara.

–Sugiero que arregles esto con tu familia rápido, hoy por ejemplo. Si no lo haces, volveré y te prometo que no te alegrarás de verme –Grant se dio la vuelta, volvió a la camioneta y se marchó.

Sabía que sus palabras no significaban nada. Desgarrar en dos a ese tipo anémico solo serviría para que Grant se sintiera un poco mejor.

Si Kelly no ganaba el juicio, estaba perdido.

Estamos a punto de cerrar, pero si quiere algo se lo serviré.

–He venido a verte a ti, cariño.

Kelly gimió para sí. No recordaba haber visto antes a esa viejecita. No la habría olvidado. Era una mujer diminuta e inusual, sobre todo para Lane. Debía de tener ochenta y muchos años, pero era obvio que hacía todo lo posible para disimularlo; desde rellenarse las arrugas con maquillaje a llevar pendientes de aro casi más grandes que su rostro.

Tampoco se podía ignorar su ropa. Llevaba pantalones, blusa y chaqueta bordadas con lentejuelas. Brillaba tanto que Kelly habría necesitado gafas de sol para apagar el destello. Todo un personaje.

–¿Has acabado de mirarme? –preguntó la mujer sin ningún rencor.

Kelly se avergonzó, pero la mujer sacudió una mano de dedos largos y delgados y uñas pintadas.

–No te preocupes, cariño –rio–. Todo el mundo se queda boquiabierto al verme; los desconocidos, claro. Por aquí todo el mundo sabe que estoy loca pero que soy inofensiva.

Kelly sabía que probablemente fuera inofensiva, pero no creía ni por un momento que estuviera loca.

–Por cierto, soy Maud Peavy –extendió una mano y apretó la de Kelly–. La gente de por aquí me llama doña Maud. Pero contesto a casi cualquier nombre.

–Bueno, doña Maud –Kelly se rio–, tengo que decirle que es mi tipo de dama. La felicito por seguirse preocupando de la moda a su edad.

–Escucha, cariño, uno nunca es demasiado viejo para cuidar su aspecto. Recuérdalo, ¿quieres?

–Mi abuela solía decirme eso mismo.

–Estás a punto de cerrar, ¿verdad? –preguntó Maud.

–Así es.

–¿Tienes algún plan?

–No –contestó Kelly después de pensar un momento–. Volver a casa de Ruth, supongo.

–Ven a casa conmigo.

Kelly parpadeó asombrada.

–¿No has oído que soy famosa por mis pastas de té caseras?

–La verdad es que no.

–Estoy un poco decepcionada con mis amigos –Maud frunció el ceño un instante, y después sonrió–. Las sorpresas también son buenas. Vas a darte todo un gusto y ni siquiera lo sabías –inclinó una cabeza en la que escaseaba el pelo.

A Kelly la sorprendió que no llevara peluca

para ocultar el defecto, dada su preocupación por su imagen.

–El médico me dijo que no podía ponerme la peluca durante un tiempo –Maud se dio un golpecito en la coronilla, como si hubiera leído la mente de Kelly–. He tenido un problema en el cuero cabelludo –sacudió la cabeza–. Ya sabes cómo son los médicos; si no haces lo que dicen, se niegan a verte de nuevo.

Kelly ocultó una sonrisa.

–Entonces, ¿vas a venir? –preguntó Maud.

–Claro. ¿Te importaría que fuera antes a casa de Ruth y me pusiera cómoda? También tengo que hacer una llamada telefónica.

–Tómate tu tiempo, cariño. Así podré preparar una bandeja de pastas frescas y meterla al horno.

–Mmm, suena muy bien.

–Cariño, cuando pruebes una, creerás haber muerto y estar en el cielo.

Kelly soltó una carcajada que le sentó de maravilla. Pensó que tal vez su médico había acertado al obligarla a dejar la empresa un tiempo. En Houston, casi nunca reía con espontaneidad.

–Te veré en un rato –Maud le dio instrucciones para llegar a su casa.

Poco después, Kelly se cambió de zapatos y de ropa. Por puro placer, se quitó la ropa interior; el chándal era grueso y no revelaba su desnudez.

Quince minutos después entró en la modesta casa de Maud, tras oír a la anciana gritar que estaba abierto.

Un delicioso aroma hizo que Kelly se detuviera

e inspirase profundamente. No había olido nada tan bueno desde la muerte de su abuela.

–El sabor del día es el básico –anunció la excéntrica mujer cuando Kelly entró en la pequeña y abarrotada cocina–. Quiero que pruebes el sabor verdadero antes. Después, pondré glaseado en algunas –Maud señaló la mesa con la cabeza–. Pon lo que hay en la silla en el suelo y siéntate.

Kelly sonrió e hizo lo que le indicaba, pero colocó las cosas en el montón que había en la silla de enfrente.

Maud se volvió hacia ella y se apoyó en el armario que estaba junto al fregadero. Llevaba un delantal y un pañuelo atado alrededor de la cabeza. Una mancha de harina le cubría una de las mejillas. Kelly pensó que su nueva amiga era todo un espectáculo.

Ninguno de sus colegas de empresa la creería si les hablara de esa excéntrica anciana, así que no se molestaría en hacerlo. Incluso si la creyeran, podrían despreciar a Maud. Kelly se removió en el asiento; posiblemente ella también lo habría hecho en otros tiempos.

–¿Qué quieres beber? –preguntó Maud–. ¿Té, café, leche, mezcla de nata y leche?

–¿Mezcla de nata y leche? –Kelly la miró asombrada–. ¿La gente bebe eso con tus galletas?

–Claro, querida. Pero dejemos algo claro. Lo que vas a probar no son galletas. Son pastas de té auténticas. Solo yo tengo la receta.

–¿Compartirás la receta alguna vez?

–No lo sé aún –replicó Maud tras pensarlo–.

Aún no he decidido quién se la merece, aunque Ruth me ha suplicado que le deje hacerlas y venderlas.

—Pero eso no lo harás —Kelly soltó una risita.

—Diablos no, la gente ya no vendría a mi casa. Irían a Sip´n Snack —Maud se acercó un poco y bajó la voz, como si alguien pudiera escucharla—. En cierto modo, es mi competencia.

—Ah, ya entiendo —rio Kelly—. Te gusta la compañía.

—Me encanta la compañía. Llena mis días solitarios.

—Creo que eres todo un personaje, Maud Peavy.

Maud sonrió y miró a Kelly tan fijamente que ella estuvo a punto de retorcerse en el asiento.

—La mayoría de la gente te considera un poco creída, ¿sabes?

«Vaya, fantástico», pensó Kelly.

—Siento que opinen eso —dijo. La inesperada frase la había desconcertado, pero en realidad no la sorprendía. En su defensa, podía decir que se sentía como si la hubieran abandonado en otro planeta y esperasen que encajara a la perfección. La vida no era así.

—Pero se equivocan. Eres muy agradable —Maud interrumpió sus pensamientos—.Y muy guapa, además.

—Gracias —Kelly notó que se sonrojaba, aunque sin saber por qué. Había algo en ese pueblo, en esa gente, que la desconcertaba e intrigaba al mismo tiempo. En especial esa alma bondadosa y excéntrica.

–Sé que Grant también opina que eres bonita.

–¿Conoces a Grant? –se dijo que era una pregunta estúpida. Todo el mundo conocía a todo el mundo en ese pueblo.

–Cuando sale para el bosque, este es el primer lugar al que viene. Puede tragarse una docena de mis pastas de una sentada.

–No lo dudo.

Maud estrechó los ojos.

–Creo que estás intentando ayudarlo a volver al trabajo; que eres abogada de uno de esos bufetes elegantes.

–No estoy segura de que mi empresa sea elegante, pero sí, estoy intentando ayudarlo.

–Me alegro. Es mi persona favorita de este mundo.

La afirmación sorprendió a Kelly. El rudo Grant y la enjoyada Maud eran amigos.

–¿Es familia tuya?

–No, pero lo quiero como si lo fuera. Toda mi familia ha muerto. Incluso cuando estaban vivos, la mayoría no merecían la pena.

–Poca gente admitiría algo así –rio Kelly.

–Entiendo que has perdido a tu familia –dijo Maud, con rostro serio. En otro tiempo, a Kelly le habría ofendido que hablaran de sus asuntos por el pueblo. Pero ya no parecía importarle. Por lo visto había cambiado mucho desde su llegada a Lane.

–Perdí a un esposo fantástico y a una hija adorable.

–Lo siento mucho. Te merecías algo mejor.

–Gracias. Pero la vida a veces te da una patada en los dientes –susurró Kelly, mordiendo una pasta–. Oh, cielos, está deliciosa.

–No has dicho qué querías beber, así que he elegido yo –le sirvió una taza de mezcla de nata y leche y guiñó un ojo–. No te arrepentirás.

Kelly se rio y movió la cabeza.

–¿Cómo os lleváis Grant y tú? –preguntó Maud. Kelly se quedó tan sorprendida que dio carta blanca a la anciana para seguir hablando–. Creo que le gustas.

Aunque frustrada e incómoda con el rumbo que tomaba la conversación, Kelly no cambió de expresión. La curiosidad le ganó la partida.

–¿Te lo ha dicho él?

–No hacía falta. Lo conozco mejor que él mismo.

Kelly se dijo que debía ir con calma. La anciana era más lista que un zorro en un gallinero. Si pretendía sonsacarle información, para ella u otra persona, no sería Kelly quien mordiera el anzuelo.

–¿Qué sientes por él? –preguntó Maud con descaro, colocando un plato de pastas calientes ante ellas.

Durante un momento, Kelly no pudo responder; tenía demasiadas ganas de agarrar una pasta y comérsela.

–Adelante, come –rio Maud–. Podemos hablar de Grant después de que disfrutes de mis pastas.

Kelly estuvo a punto de barbotar que Grant era tema prohibido. Pero sabía que sería una pérdida de tiempo y saliva. Esa mujer seguía su propio ritmo, y diría exactamente lo que quisiera, cuando le diera la gana.

–¿Puedes ayudarlo? –preguntó Maud, cuando ambas hubieron consumido una buena ración de pastas.

–Eso espero, desde luego.

–Ese chico ha trabajado tanto y sacrificado tantas cosas para llegar adonde está, que odiaría ver que todo se echa a perder.

–Tengo la esperanza de impedirlo.

–Buena chica –la mujer asintió con la cabeza.

–No creo haber probado nada tan rico como estas pastas –dijo Kelly, bebiéndose la última gota de leche.

–Ya te lo había dicho.

–No me extraña que Ruth esté deseando venderlas.

–Eso no ocurrirá, aunque me halaga –dijo Maud–. Además, a Ruth le va muy bien, ¿no?

–A mí me parece que sí –Kelly se encogió de hombros–. Pero ya sabes que soy como pez fuera del agua. Vender café y sopa no es mi fuerte.

–Entonces, ¿por qué estás aquí?

–Vine para echarle una mano a Ruth.

Por lo visto Grant solo había mencionado la muerte de Eddie y Amber, no el resto de sus problemas.

–Estuve al borde de tener una crisis nerviosa –admitió Kelly. Aunque acababa de conocer a Maud, sentía que podía hablarle como a una amiga.

–Hiciste bien al venir aquí, jovencita –Maud

puso una mano sobre la suya–. El aire campestre y nosotros, la gente del campo, te ayudaremos a sanar.

Las lágrimas afloraron en los ojos de Kelly. Parpadeó para librarse de ellas.

–No lo había pensado así, pero puede que tengas razón. Un cambio de ambiente tal vez funcione.

–Algún día me gustaría ver una foto de tu familia.

–Algún día te enseñaré una –Kelly metió la mano en el bolso y sacó un pañuelo de papel.

–Me gustas, Kelly Baker –sonrió Maud–. Me gustas mucho.

–Y tú a mí.

–Ven a verme siempre que quieras –ofreció Maud–. Siempre serás bienvenida. Y si no puedes dormir, las tres de la mañana es mi mejor hora del día.

Kelly rio y tomó otra pasta, aunque tenía el estómago a punto de reventar. Le daba igual. No sabía cuándo tendría otra oportunidad de visitar a Maud.

–Tengo una bandeja preparada para que te la lleves a casa –dijo Maud, interrumpiendo sus pensamientos.

–¿Y para mí?

Kelly se quedó helada.

Maud no. Al oír la voz de Grant, giró en redondo, fue hacia él y le dio un gran abrazo. Kelly, boquiabierta, contempló cómo casi desaparecía en su enorme cuerpo.

–Sabes lo que opino de entrar sin avisar –lo regañó Maud, dándole un golpe en el pecho–. No está bien.

–Siempre entro sin llamar.

–Hoy es distinto –Maud se sorbió la nariz–. Tengo una invitada muy distinguida.

–Vamos, Maud, dame un respiro –Kelly, avergonzada, se puso en pie.

–Vuelve a sentarte, jovencita –ordenó–. No vas a irte a ningún sitio.

–Sí que va a hacerlo –apuntó Grant con calma–.Voy a hacer bistecs –dijo Grant, con los ojos clavados en los suyos–. Pensé que tal vez querrías venir y así discutiríamos el caso.

–Buena idea –dijo Maud con voz alegre. Miró a Kelly–. No te vendría mal algo de carne.

–Puedo contarte lo que sé por teléfono.

–Entonces, ¿sabes algo? –preguntó Grant.

–He hablado con el abogado de Larry Ross.

–Parece que tenéis mucho que contaros –Maud fue hacia Kelly y la besó en la mejilla–. Ve con él, cariño. No pasará nada. Tendrá que responder ante mí si no te trata bien.

Kelly se sintió atrapada, miró a Grant, que le guiñó un ojo y le cedió el paso. Ella se recordó que siempre podía marcharse si las cosas no iban a su gusto. Tal vez ese fuera el problema. Con Grant, las cosas casi nunca iban a su gusto.

Temblando por dentro, salió delante de él, consciente de que sus ojos seguían cada uno de sus pasos.

Capítulo Once

–¿Qué te ha parecido el bistec?

Kelly sonrió y se estiró hasta que percibió los ojos encendidos de Grant recorrerle el cuerpo de arriba abajo. Aunque no había bebido nada, se sentía mareada.

Mientras hacía los bistecs y las mazorcas a la parrilla y mezclaba la ensalada, se había comportado como un perfecto caballero y anfitrión.

Pero cada vez que se acercaba, ella reaccionaba instintivamente. Los nervios se le tensaban aún más. Sabía que a él le ocurría lo mismo porque, por el rabillo del ojo, lo había visto mirarla con ardor cuando pensaba que ella no lo observaba.

Después de cenar y recoger la cocina, se habían sentado en la rústica sala. El fuego estaba encendido y Alan Jackson sonaba en el estéreo.

«El lugar y la noche perfectos para hacer el amor», horrorizada, Kelly puso freno a sus pensamientos. Si no volvía pronto a Houston, iba a meterse en problemas.

–¿No hablas?

–Opinas que todos los abogados hablan demasiado, ¿verdad?

–Sí. Excepto la que está en el sofá, a mi lado.

–Supongo que mi mente estaba vagabundeando. Pero en respuesta a tu pregunta, el bistec estaba delicioso, igual que todo lo demás.

–Me alegro. Quería que disfrutaras.

–Pues has conseguido tu objetivo.

Charlaban, intentando ignorar la tensión sexual que se cerraba alrededor de ellos.

–Tenemos que hablar –dijo ella finalmente.

–Sí, así es –suspiró Grant, como si lo desilusionara romper el hechizo erótico.

–Hoy hablé con el abogado de Ross, Taylor Mangunm.

–¿Y? –Grant se irguió en el asiento.

–Le dije que era una visita de cortesía para pedirle que convenciera a su cliente de hacerse una prueba de ADN.

–Fantástico –Grant dio una palmada–. Eso sí que resolvería la cuestión de una manera u otra.

–También le dije que si Ross se negaba, requeriría al tribunal que lo obligasen a hacérsela para demostrar si es o no un heredero legal. Mangunm dijo que hablaría con su cliente, pero que dudaba que aceptase.

–¿Por qué no insiste Mangunm en que se la haga? –el rostro de Grant se oscureció.

–No le conviene –admitió Kelly–. Cuanto más se alargue el proceso, más ganará Mangunm.

–¿Ese es el objetivo de todos los abogados? ¿Ganar dinero? –Grant maldijo. Inmediatamente, como si acabara de darse cuenta de lo dicho, y a quién, volvió a maldecir–: Disculpa, no pretendía decir eso.

–Sí lo pretendías, pero no importa. Tienes razón. Algunos abogados solo piensan en el dinero. Yo también, pero procuro hacer lo correcto y lo justo.

–Esa empresa tuya tiene suerte de contar contigo –Grant le sonrió–. Espero que lo sepan.

Ella se limitó a asentir, sintiendo que las lágrimas le oprimían los párpados. Por momentos, ese hombre pasaba de ser un maderero rudo y sin clase a un hombre de palabras suaves y clase a raudales. Quizá eso fuera lo que le atraía de él: era un enigma.

–Si Ross no miente, ¿por qué iba a resistirse?

–Hacerse una prueba de ADN asusta a la gente, gracias a las historias de horror que se publican sobre el mal uso y abuso de ese tipo de datos.

–Si se niega, tal y como sospecha Mangunm, ¿cuánto tardará en celebrarse la vista del caso?

–Depende de cómo vaya la primera audiencia.

–Diablos. Todo el sistema legal se mueve demasiado despacio para mi gusto. El banco podría reclamar mi pagaré antes de que entre a una sala de juicios.

–Puede que no. Recuerda que la primera audiencia es la semana que viene –Kelly imprimió a su voz un tono de ligereza–. Y, quién sabe, tal vez Ross acceda a realizarse la prueba de ADN.

–Lo dudo; se dará el gusto de fastidiarme y disfrutará si consigue cerrar mi negocio.

–¿Has hablado con él?

–Sí.

–Eso no ha sido nada inteligente.

–Ha sido una de esas curiosidades del destino –Grant se frotó la barbilla y le contó que se había encontrado con Larry Ross en casa de Dan Holland.

–Siempre que no lo atacaras, no tiene importancia.

–No tienes ni idea de cuánto me costó no darle un puñetazo.

–Oh, creo que sí –los labios de Kelly se curvaron con una sonrisa. Grant hizo una mueca avergonzada y se puso serio–. Como te he dicho, no te machaques –aconsejó Kelly con tono animado–. Quizá tengamos suerte y Winston obligue a Ross a hacerse la prueba.

–¿Eso piensas?

–Es una posibilidad. La mayoría de los jueces se disgustan cuando les hacen perder el tiempo, y si una simple muestra del interior de la boca puede sentenciar un caso, no dudan en ordenar que se realice.

–De nuevo, se trata de llegar a los tribunales –la voz de Grant sonó disgustada–. Entretanto, estoy parado.

–Estoy segura de que tu amigo del banco no permitirá que ejecuten el pagaré.

–Ya veremos –Grant le contó su charla con Les. Después, se quedaron en silencio unos minutos, mirando el fuego como hechizados por las llamas.

Finalmente, Grant se inclinó hacia ella, le tomó una mano e hizo que se levantara. Ella lo miró con asombro, dejando de pensar en el caso.

–Vamos a bailar –susurró él, atrayéndola hacia sí.

Sonaba una canción de Alabama, *If I had you,* que Kelly había oído varias veces antes.

–Supongo que antes debería haber preguntado si tu tobillo está en forma para bailar *country*.

–El tobillo no es problema.

Grant empezó a moverse y ella siguió cada uno de sus pasos.

–Mmm –murmuró él, haciéndola girar por la sala–. Para ser una chica de ciudad, sabes moverte.

–En realidad, bailar música *country* no es mi fuerte –jadeó Kelly. La encantaba estar entre sus brazos, sintiendo su cuerpo, sobre todo cuando la hacía girar sobre sí misma. No quería que la soltara. Respiraba rápida y entrecortadamente.

–Yo nunca lo diría –comentó él–. Te deslizas con la suavidad del cristal.

–Solo lo dices para que me sienta bien.

–Oh, nena –dijo él, mirándola–, no lo dudes. Yo te siento tan bien que no querría soltarte nunca.

Esa debería haber sido la señal que indicara que era hora de dejar esa locura y volver a casa de Ruth, pero Kelly bailó varias canciones más. Fue la última, una balada romántica, la que les obligó a bajar el ritmo. Casi sin darse cuenta, estaban cadera contra cadera, pecho contra pecho, y él empezó a besarla.

Siguieron moviéndose al ritmo de la música, mientras Grant exploraba sus labios con la boca.

–Debería irme –dijo Kelly con voz muy queda.

–¿Por qué?

–Yo… –empezó, pero él la interrumpió.

–Quédate. Tú me deseas y yo te deseo.

–Es verdad. Sí.

Lo era, y no se sentía avergonzada por ello. Hacía mucho tiempo que no sentía la boca, la lengua y las manos de un hombre sobre su cuerpo. No tenía duda de que Grant sería un gran amante. Con él era todo o nada.

Eso en sí no era malo. No lo sería si ella mantenía su corazón alejado y disfrutaba haciendo el amor como una liberación para su mente y su cuerpo.

Tal vez no fuera capaz de hacer eso. En ese momento no lo sabía y no le importaba. Al día siguiente podría consumirse de remordimiento, pero no esa noche, cuando ardía de deseo por él.

Como si pretendiera acabar con la argumentación que tenía lugar en su cabeza, Grant tiró de su mano y la colocó en su abultada entrepierna. Después, puso su mano en los pezones erectos de ella.

–Creo que esto demuestra la atracción que sentimos –dijo Grant, cuando ella no apartó ninguna de las dos.

Era cierto. Kelly ansiaba tanto apagar el ardor hambriento que bullía en su interior que no podía hablar.

–Eres deliciosa –susurró Grant, inclinándose y bajando la cremallera de la chaqueta del chándal. Al ver que no llevaba sujetador, inhaló con fuerza–. Bellísima. Tan perfecta.

Tocó sus senos, primero uno y luego el otro. A Kelly le temblaron las rodillas al sentir su asalto, sobre todo cuando bajó la boca y empezó a lamer y succionar.

Después, se desvistieron con toda rapidez y se arrodillaron en la gruesa alfombra que había delante de la chimenea, con los labios unidos en un beso tan ardiente como las llamas que calentaban sus cuerpos desnudos. Grant la tumbó y empezó a lamerle la piel, empezando por los senos y siguiendo hacia abajo. Cuando llegó a los muslos se detuvo y la miró interrogante.

Perdida en la pasión del momento y en su necesidad de él, Kelly no dijo palabra. Él se tomó su silencio como asentimiento, agachó la cabeza y utilizó su lengua para llevarla de un orgasmo a otro y a otro.

–«¡No!», gritaba ella en silencio. No quería sentir esa intimidad emocional con ese hombre. Era una cuestión del corazón e incluso si quisiera, ella no podía entregarle el suyo. Se lo había dado a su esposo años antes, y no podía traicionar ese amor.

Sin embargo, no podía detener la lengua de Grant, ni deseaba hacerlo.

–Por favor –susurró, después de gemir y estremecerse una y otra vez. Clavó los dedos en sus hombros y lo incitó a que se colocara sobre ella.

–Oh, cielo, cielo –gimió él, clavándose en su húmeda suavidad y penetrándola. Inició un ritmo frenético que no se detuvo hasta que ambos gritaron.

Después, ambos saciados, la situó sobre él y se quedaron inmóviles hasta que sus corazones se serenaron.

Ella lo había sentido en cada parte de su cuerpo, incluido su corazón.

Tenía la sensación de que la mente y el corazón de él estaban en su interior, fundidos con su propia alma. Había sido más que sexo. Justo lo que ella había deseado evitar. Quería regresar a Houston intacta, con su corazón incluido. Dejarlo atrás no era una opción.

–Ha sido increíble. Tú eres increíble –Grant suspiró con satisfacción y la dejó sobre la cama, de costado.

–Tú también –consiguió decir Kelly, a pesar del nudo que sentía en la garganta. Se apartó un poco para mirarlo de la cabeza a los pies, admirando el pecho musculoso y salpicado de vello, las piernas duras como el acero… –. Eres perfecto –afirmó.

–Tú eres increíble. Te deseo otra vez. Ahora.

Sin dudarlo, se puso a horcajadas sobre él, hizo una pausa y miró sus ojos nublados de deseo.

–¿Te gusta así?

–Podría convertirme en adicto a esto, ¿sabes? –dijo él con una voz que sonaba como si le doliera.

Kelly sabía que estaba arriesgando su corazón demasiado por ese hombre. Pero su respuesta fue empezar a moverse lentamente, después más rápido, cabalgando sobre él hasta que ambos alcanzaron el éxtasis.

Después, con un último grito, se dejó caer sobre él; sus corazones latían al unísono.

Kelly fue la primera en despertar. Durante un momento, se sintió completamente desorientada, pero luego recordó que estaba en casa de Grant. En el suelo, ante un fuego que casi se había apagado.

Un increíble amanecer rosado se veía por la ventana. La belleza del cielo le quitó el aliento, era espectacular.

Nunca vería algo así en la ciudad.

Miró a Grant, que dormía. Tenía que abrir la cafetería. Aun así, Kelly no se movió. Se sentía demasiado cómoda y caliente. Demasiado amada. Un nudo de pánico le atenazó el estómago, y después se relajó. Se recordó que hacer el amor no era lo mismo que estar enamorada. No iba a martirizarse por lo ocurrido.

Había disfrutado de cada segundo de pasión. Una experiencia asombrosa. Grant era el amante perfecto; incluso mejor que Eddie, aunque admitirlo le doliera.

–Vaya, parece que llevas el peso del mundo sobre los hombros.

Mientras Kelly estaba absorta en sus pensamientos, Grant se había despertado y la observaba.

–Estoy bien –dijo, con una sonrisa tentadora.

Él la atrajo hacia su cuerpo desnudo.

–Adoré cada segundo que estuve dentro de ti –le susurró, recorriendo el perfil de su oreja con la lengua.

–Yo también –dijo ella, estremeciéndose.

–Tienes un cuerpo fantástico –le puso una mano entre las piernas provocándole otra oleada de escalofríos.

–Cuando tengo tiempo, voy a un gimnasio que

106

hay cerca de la oficina –Kelly apenas podía hablar; se le había cerrado la garganta al sentir esa mano deslizarse por el interior de su muslo, deteniéndose en todos los sitios correctos.

–¿No te arrepientes? –preguntó él poco después.

–No me arrepiento –replicó Kelly, sabiendo exactamente a qué se refería.

–Yo tampoco.

Siguió un breve silencio.

–No te hice daño, ¿verdad? Pero debes de estar algo dolorida.

A pesar suyo, Kelly notó que se sonrojaba, lo que, dadas las circunstancias, era ridículo. Se alegró de que él no pudiera verle el rostro. Grant la apretó contra sí, para no dejar duda de que estaba tan duro como ella húmeda.

–¿No habías estado con nadie desde la muerte de tu marido?

–No –un nudo le atenazó la garganta.

–Sigo sin poder imaginar cómo es tener una familia un día y haberla perdido al siguiente –apretó una de sus manos–. Eres una mujer fuerte, Kelly Baker.

Su voz había adquirido un tono tan espeso y ronco que Kelly apenas podía oírla.

–Te admiro muchísimo.

–Por favor, no digas eso. Si tú supieras… –se le cascó la voz.

Percibiendo cuánto le afectaba el tema, Grant la apretó contra él y se situó entre sus muslos. Ella tragó saliva y no se movió.

–Podría acostumbrarme a esto –le susurró él.

–¿A qué?

–A despertarme contigo en mis brazos. Pero preferiría que fuese en una cama.

Kelly captó el tinte risueño de su voz y sonrió. Era una pena que fueran tan distintos. Era un amante fantástico, pero ella no buscaba un amante. No buscaba un hombre, punto final.

Había ido a Lane a sanar su mente y su cuerpo, para poder regresar al trabajo que amaba, en la ciudad.

–¿En qué estás pensando? –preguntó Grant.

–En lo cerca que estuve de perder la cordura.

–Como te dije antes, no sé cómo pudiste funcionar –hizo una pausa–. Eres demasiado dura contigo misma.

–Hay algo de mí que no sabes.

–No importa.

–A mí sí. En cierto sentido, te mentí.

–Te escucho.

–El tiempo que estuve de baja en el trabajo, lo pasé en una clínica especial –era incapaz de decir la palabra «institución», se le revolvía el estómago al pensarlo.

–¿Y eso te parece algo de lo que debas avergonzarte?

–Sí, supongo que sí.

–Pues yo te admiro por admitir que necesitabas ayuda y buscarla.

–En realidad, no tuve elección. Cuando la empresa me mandó a casa esa primera vez, me derrumbé. Aunque estaba yendo a un terapeuta, no era suficiente. Tuve ataques de llanto, de rabia, y me dio por destrozar cosas. Entonces comprendí que estaba completamente descontrolada e ingresé en la clínica.

—Nena, lo siento mucho –susurró Grant contra su cuello–. No te preocupes. Vas a ponerte bien, más que bien. Tienes lo que hace falta, créeme. Acabarás poniendo a tu empresa en el mapa.

Kelly se volvió hacia él, consciente de que las lágrimas surcaban sus mejillas. Con un gemido, él lamió las gotas según salían de sus ojos.

—Eres una mujer excepcional. No lo olvides nunca –le dio un golpecito en la nariz–. Apuesto a que un día Dios te dará otro hijo.

—No lo hará, porque no pienso casarme de nuevo. –¿Qué me dices de ti? ¿No deseas a veces un hogar permanente?

—Tengo uno –su voz sonó grave–. Si no me equivoco, estás en él ahora mismo.

—Sabes a qué me refiero –escrutó su rostro, notando su sonrisa agridulce.

—Claro que sí –farfulló él–. Una casa en los suburbios con una esposa, tres niños y un perro.

—Si así es como quieres definirlo, sí, a eso me refiero –hizo una pausa intencionada y dijo–: Supongo que nunca deseas algo así.

—No puedo decir que no lo haya pensado. Pero desearlo, no, supongo que no.

—Lo que significa que nunca has estado loco por una mujer.

—Tuve una relación seria –dijo Grant con dolor.

—¿Qué ocurrió? –presionó Kelly.

–No salió bien.

Ella esperó a que le diera más explicaciones. Grant suspiró, como si supiera que no tenía más remedio que explicarse.

–Quería que me uniera a la empresa de su padre, en Dallas.

–Es decir, ¿no quería vivir en la América rural?

–Acertaste.

Kelly intentó captar cualquier deje de amargura en su voz, pero no lo encontró.

–¿Y las demás?

–O bien nos alejamos o nos convertimos en buenos amigos.

–Da la impresión de que nunca has sentido la necesidad de asumir el compromiso del matrimonio.

–Supongo que no. Al menos, no el tiempo suficiente para que llegara a ocurrir.

Estuvieron en silencio durante un largo momento.

–Sin embargo, en otras circunstancias, tú, Kelly Baker, podrías hacerme cambiar de opinión.

–Pero las circunstancias son las que son, y no podemos cambiarlas –replicó Kelly, aunque la declaración la había sorprendido.

–Correcto –Grant frotó los labios contra los suyos–. Pero esto no es una fantasía, tu cuerpo junto al mío, y eso significa que voy a poner en práctica una parte de mi sueño ahora mismo.

Dejando de lado el futuro que nunca llegaría a ser, Kelly suspiró, colocó la pierna sobre su muslo y suspiró de nuevo cuando la penetró.

Sus gritos rasgaron el aire al unísono.

Capítulo Doce

–Le deseo muy buenos días, señorita Baker.

–Buenos días, señor Mangunm –Kelly hizo una pausa–.Qué formales estamos –dijo con sarcasmo; después, se arrepintió de su falta de profesionalidad.

–Supongo que se debe a que lo que tengo que decirle es formal –Mangunm hizo una pausa y se aclaró la garganta–. Más o menos.

–Su cliente se niega a hacerse la prueba de ADN.

–Correcto, y creo que es una buena decisión.

–Veremos si el juez está de acuerdo con eso.

–Buena suerte, jovencita.

Kelly no se molestó en contestar al condescendiente imbécil. Colgó el teléfono y esa vez se alegró de su falta de profesionalidad.

La llamada de Mangunm la había pillado entre las horas del desayuno y el almuerzo. El negocio había bajado un poco y tenía la esperanza de que no tuviera nada que ver con ella. La gente del pueblo quería a Ruth y echaba de menos su sonrisa y su capacidad de charlar con ellos. Era obvio que no tenían problemas en contarle a Ruth todo lo que ocurría en sus vidas.

Pronto estaría llenando el coche y de regreso a Houston. Sin Grant. De repente, una desagradable sensación le invadió el estómago. Se levantó de la silla del diminuto despacho de Ruth y fue hacia la ventana.

Hacía sol y era un día perfecto para que Grant estuviera en el bosque. Sabía que debía de estar volviéndolo loco no estar allí. Pero ella había hecho cuanto podía hacer por el momento. El siguiente paso le correspondía al tribunal.

Se preguntó qué estaría haciendo él en ese momento y si pensaría en ella. Kelly apenas había pensado en otra cosa desde que salió de su casa. Estar con él había sido increíble, y a pesar de que había amado su cuerpo de principio a fin, ansiaba más.

Rio al pensar que Grant la había convertido en una obsesa sexual.

Tras la muerte de Eddie, y hasta que conoció a Grant, no había deseado que un hombre volviera a tocarla, y menos hacerle el amor. De repente, era una adicta.

Mala suerte. Tendría que superar esa adicción, porque volvería a Houston sola.

Lo que más deseaba era regresar a Houston y a su empresa. Sintió un escalofrío de excitación. Ocuparse del caso de Grant le había recordado que adoraba ser abogada y estaba deseando volver al trabajo.

Deseó no tener que sentir tristeza al pensar en marcharse de Lane. No quería sentir nada por ese pequeño pueblo y la gente que vivía en él. Por desgracia, ya no podía evitarlo. Le gustaba mucho doña Maud. Desde que había visitado a la anciana, Kelly se imaginaba haciéndose amiga suya. Y sus pastas eran para morirse. No se imaginaba no volver a comer otra nunca.

Además de Maud, había llegado a conocer a otros clientes.

Y estaba Grant. No podía imaginarse dejándolo. Pero sabía que cuando llegase el momento podría y lo haría.

Sin volver la vista atrás.

–Ya no falta mucho.

–Así que vas a concluir tus asuntos en Montana y volver a los bosques del este de Texas, ¿eh?

–Correcto, así que aguanta un poco –Ruth se rio–. Sé que estás deseando volver a Houston.

«No necesariamente», estuvo a punto de decir Kelly, pero no lo hizo por temor a las preguntas que seguirían. Sin duda, Ruth se escandalizaría.

–Ha sido toda una experiencia, lo admito.

–Dios, estoy deseando que me lo cuentes todo. Sigue asombrándome que accedieras a hacerlo.

–A mí también, pero sabes que no tenía más opción que irme de Houston.

–Sí la tenías –intervino Ruth–. Podrías haber alquilado una casita en la playa o ir a Nueva York al apartamento de algún amigo para descansar y relajarte. No tenías por qué ayudarme.

–En eso te equivocas. Una buena acción merece otra. Haga lo que haga, nunca será suficiente para recompensarte lo que hiciste por mí cuando te necesité, hace cuatro años.

–Deja de insistir en eso. No me debes nada. ¿Cómo van las cosas?

Kelly la puso al día lo mejor que pudo; incluso le contó los problemas de Grant y su relación profesional, pero no mencionó la personal.

–Me alegro de que lo estés ayudando. Si no sale de ese lío, acabará en la ruina.

–Si está en mi mano, no perderá esa madera.

–Adelante, chica. Si alguien puede enderezar a esos palurdos, eres tú.

–Eh, que estás hablando de tus amigos.

–Oye, en el campo también hay idiotas –Ruth volvió a reírse.

–Tengo que dejarte. Llegan clientes. Hay que hacer dinero.

–Eso me parece muy bien. Ya te llamaré. Pero nos veremos muy pronto.

Esa conversación había tenido lugar hacía dos días, y desde entonces Kelly había estado trabajando como una loca en la cafetería. Parecía que una nueva ola de frío había hecho que la gente tuviera más hambre de lo habitual, porque el negocio iba mejor que nunca.

Había sido después de la avalancha de clientes de la mañana cuando Kelly había pensado en que no había visto a Grant desde que hicieron el amor en su casa. Ni siquiera le había dicho que Larry Ross se había negado a hacerse la prueba del ADN.

Sospechaba que él ya se lo temía, pero aun así la inquietaba no haberlo visto o hablado con él.

114

Se preguntó si se arrepentía de haber estado con ella. Suponía que no, porque sabía que se iría pronto. Habían disfrutado de una noche de pasión, que ambos necesitaban, y eso era todo.

Ni arrepentimiento.

Ni compromisos.

Ni futuro.

El escenario perfecto.

Sabía que eso era pura basura, o no estaría tan ansiosa por su ausencia. Ni enfadada. Se había atrevido a hacerle el amor con pasión y luego la ignoraba; no necesitaba ese tipo de agravios en su vida. Había ido allí a relajarse, no a estresarse más.

–Grr... –gruñó entre dientes, justo cuando empezó a sonar el teléfono. Era Maud.

–Ven, Kelly. ¡Ahora mismo!

Maud estaba tumbada en posición fetal en el sofá, dormida.

Kelly añadió otra manta a la que ya había encima de la anciana y volvió a sentarse en el sillón, cerca de la chimenea. Llevaba con Maud más de una hora, desde que habían regresado de la consulta del doctor Graham.

Maud, por supuesto, había tenido un ataque cuando le dijo que fueran al médico. Pero cuando Kelly llegó a su casa y encontró a la anciana comportándose de manera extraña, como si hubiera sufrido un leve ataque de apoplejía o epilepsia, la preocupación le dio el coraje para enfrentarse a ella.

–¿Voy a morirme?

Kelly se volvió hacia Maud, que se había recostado en la almohada. Sintió una oleada de pena, pero no permitió que se le notara.

–Desde luego que no. Estarás perfectamente, siempre y cuando hagas lo que mande el doctor Graham.

–Dime otra vez qué me ocurre.

–El azúcar de tu sangre se ha disparado. Si lo vigilas y controlas, no volverás a tener este tipo de episodios.

–¿En serio?

–En serio –Kelly se inclinó hacia ella y la miró a los ojos–. A menos que desobedezcas al médico y comas tus pastas de té.

–¿Quieres decir que nunca podré volver a tomar una pasta? –preguntó Maud con la barbilla temblorosa.

–Nunca es mucho tiempo.

–Pero llevo mucho tiempo siendo vieja –contraatacó Maud.

Kelly sonrió y se inclinó para besarle la mejilla.

–No te preocupes por eso ahora. Solo compórtate y verás que dentro de poco podrás al menos mordisquear alguna de tus delicias. Eso es mejor que nada.

–Eres una buena chica, Kelly Baker –Maud agarró su mano y se la llevó a la mejilla–. Ojalá no tuvieras que dejarnos e irte tan lejos. Voy a echarte de menos.

–Yo también te echaré de menos, Maud. Mucho –a Kelly se le llenaron los ojos de lágrimas.

–Entonces no te vayas.

–Tengo que hacerlo –Kelly liberó su mano con suavidad–. Mi trabajo, mi vida, mis amigos… todo está en Houston.

–¿Y Grant, Ruth y yo? ¿No somos tus amigos?

–Claro que sí, y pienso mantenerme en contacto.

–Mentira.

–Calla y descansa –dijo Kelly, algo desconcertada–, o llamaré al doctor Grant y me chivaré.

–Quiero hablar contigo sobre Grant.

–No hay nada que hablar –Kelly deseó que fuera verdad.

–Claro que hay –Maud sacó la lengua–. Solo que los dos sois demasiado cabezotas para verlo.

–Estás molesta porque quieres jugar a casamentera y no te está funcionando –dijo Kelly, intentando quitar seriedad al momento.

–Puede que sea vieja, jovencita, pero no soy ciega, ni sorda.

–No he dicho que lo fueras.

–Claro que sí –protestó Maud–. Pero sí…

–Gracias –Kelly la interrumpió con una sonrisa–. Será mejor que cambiemos de tema.

Maud la miró con dureza pero accedió, sobre todo porque se le cerraban los párpados. Kelly se quedó un rato más y después salió de la casa con un peso en el corazón.

El aire libre era la salvación de Grant. Siempre lo había sido y siempre lo sería. Ir de marcha por el bosque era una fórmula milagrosa para aclarar su cabeza y su alma. Ese día no era una excepción.

Le costaba creer que su maquinaria y sus hombres siguieran parados. Aunque solo habían pasado unos días desde el cierre, le parecían una eternidad. Estaba colérico.

Las cosas habían pasado de buenas a malas en muy poco tiempo. Y no solo en cuanto al trabajo.

Kelly.

No sabía qué hacer respecto a ella. Había entrado en su corazón por la puerta trasera y se había instalado allí. No la amaba. No había llegado a eso ni por asomo. Pero sin duda le importaba y anhelaba volver a hacer el amor con ella.

Era ardiente y deseosa, una rara combinación en una mujer. Pero pronto se iría. Aunque la idea le resultaba insoportable, no tenía solución para el problema.

Incluso si lo deseara, un romance a larga distancia nunca funcionaba. Sabía que cuando se fuera, las cosas acabarían entre ellos. Regresaría a su trabajo en la gran ciudad y él se quedaría con el suyo en los bosques.

Chica de ciudad y chico de campo no eran factores compatibles. Además, él no estaba interesado en una relación. Llevaba mucho tiempo solo y le gustaba su vida tal y como era. No veía la necesidad de un cambio permanente, aunque era muy agradable tener a una mujer bella en su cama.

Grant frunció el ceño y se recordó que había cosas peores que la abstinencia; por ejemplo, cargar con una esposa que era tan distinta de él como el día y la noche. Cabía la posibilidad de que hubiera llegado al punto de su vida en el que era capaz de enamorarse de una mujer.

Esperaba que no fuese así.

Además, había montones de mujeres dispuestas a calentar su cama. El problema era que no le importaban lo suficiente para invitarlas a ella.

–Maldición –masculló Grant, continuando su paseo por el bosque. Cerca de la zona de tala, se acercó a un gran árbol que estaba marcado para cortarlo.

De repente, deseó hacer eso mismo. La idea de poner en marcha el equipo era estimulante. Pero igual que había surgido, el deseo se apagó. Si lo pillaban terminaría en la cárcel.

Siguió apoyado en el árbol, sin moverse. Entonces fue cuando lo oyó. Gritó cuando algo atravesó los matorrales en dirección opuesta. Aguzó los oídos y escrutó los alrededores, sin ver nada. El bosque recobró el silencio. Entonces sintió un terrible dolor en el hombro.

Giró la cabeza y vio, horrorizado, cómo la sangre le empapaba la camisa. El estómago le dio un vuelco y cayó de rodillas.

Le habían disparado.

Capítulo Trece

Kelly no podía dejar de pasear por la sala de espera. Sus piernas no cooperaban y le impedían sentarse.

–Vas a desgastarte tú, y también la alfombra –farfulló Pete. Estaba recostado en una silla, con las piernas extendidas ante él.

Había más gente en la sala, pero no mucha, y Kelly podía pasear sin molestar.

–Lo sé –admitió, parándose un momento–. Pero me siento como si me hubieran vuelto del revés.

Pete alzó las cejas, como si fuera a preguntar qué había entre Grant y ella. Era demasiado intuitivo, así que tendría que estar en guardia. Pero resultaba difícil cuando no podía disimular su ansiedad.

Una hora antes un hombre había entrado en la cafetería y anunciando que había habido un accidente en el bosque y que habían disparado a Grant Wilcox; Kelly se había puesto en marcha.

Había dicho a Doris que iba al hospital de Wellington y había llamado a Pete. Había llegado a urgencias justo cuando llevaban a Grant al quirófano. Al verla, Grant había pedido al camillero que esperase.

Kelly, sintiendo que el corazón iba a salírsele del pecho, se había detenido junto a la camilla, sin oxígeno en los pulmones.

–¿Qué ha ocurrido?

–Algún idiota me disparó en el hombro, poca cosa –dijo él con ligereza.

–¡Poca cosa! –gimió–. ¿Cómo puedes decir eso cuando te llevan al quirófano?

–Señora, tenemos que irnos.

Grant había estirado el brazo y agarrado su mano, mirándola a los ojos. Ella le dio un apretón.

–Estaré esperando.

–Te veré pronto –le había guiñado un ojo.

Para cuando llegó a la sala de espera, Kelly tenía la garganta demasiado cerrada para hablar. Y allí estaba Pete, que la miró con ojos inquisitivos. Ninguno dijo nada. Si hubiera querido, podría haberse ido a una esquina y dado rienda suelta a las lágrimas, pero no habría servido de nada.

Grant iba a estar perfectamente, se decía con convicción. Saldría del quirófano enseguida, como nuevo. Era ridículo que su estómago fuera un nudo de puro miedo. De pronto, se quedó helada.

Amor.

No por Grant, no podía ser. Imposible. No podía haber sido tan tonta como para enamorarse de ese forestal. Pero sabía que sí. Antes de que se le doblaran las rodillas, se sentó en la silla más cercana, que era la contigua a la de Pete.

–Gracias a Dios –dijo él con media sonrisa–, por fin te has sentado.

Kelly intentó sonreír, pero no pudo. Pete se inclinó hacia ella y le dio una palmadita en la mano.

–Se pondrá bien. Es duro. Hará falta más que una bala en el hombro para librarse de él.

Ella asintió, incapaz de compartir con él su secreto, la verdadera razón por la que estaba tan afectada. Se había enamorado de un hombre con quien no tenía ningún futuro.

–Ahora, si pierde el derecho a talar los árboles en la tierra de Holland… –la voz de Pete se quebró–. Eso sería peor que un tiro en el hombro.

–No perderá la madera –refutó Kelly.

–¿Cómo puedes estar tan segura?

–Creo que el juez Winston hará lo correcto.

–Eso espero –los labios de Pete se curvaron hacia abajo. Sigo sin poderme creer que ese bastardo de Ross… –calló y carraspeó–. Disculpa el lenguaje.

–No hacen falta disculpas –Kelly movió la cabeza–. Recuerda que trabajo con un grupo de abogados, todos hombres. Créeme, he oído cosas mucho peores.

–Créeme, yo también lo habría llamado algo peor.

Ambos sonrieron y volvieron a quedarse callados.

–¿No crees que los médicos ya deberían haber terminado?

–No –Pete cruzó la piernas–. Entre las preparaciones y todo lo demás, se tarda más tiempo del que crees.

Kelly lo sabía, pues había estado antes en una sala de espera de quirófano, por amigos y familiares. Pero era distinto. Se trataba del hombre al que amaba.

Le dio un vuelco el estómago y se sintió fatal. ¿Qué iba a hacer? No podía hacer nada, la respuesta era muy clara. Seguiría adelante con su vida, igual que él seguiría con la suya.

Haciendo cosas distintas en lugares diferentes.

—Él te importa mucho, ¿verdad?

—Sí, así es –no vio razón para negarlo.

—Me alegro. Lleva solo demasiado tiempo.

—Mira, no pienses que… –empezó, alarmada. Pete alzó la mano para interrumpirla.

—No pienso nada, señorita, así que no hagas una montaña de un grano de arena.

—Llámame Kelly.

—De acuerdo, Kelly. Solo digo que desde que estás aquí he notado un cambio en Grant… a mejor, por cierto. Aunque lo bueno dure poco, es mejor que nada.

—Me cuesta creer que nunca se haya casado.

No debería hablar de la vida de Grant a su espalda, sobre todo en esas circunstancias. Pero, a pesar de su explicación, la desconcertaban tantos años de soltero.

—Es demasiado quisquilloso –sonrió Pete–. En cuanto a mujeres se refiere.

—Eso no me dice mucho –comentó Kelly, con la esperanza de no pensar en lo que ocurría en el quirófano.

—Le gusta vivir en lugares recónditos.

–Entonces, allí debería quedarse.

–Y le encanta su independencia.

–Debería mantenerla –afirmó Kelly, con dolor de corazón. Grant era quien era y no iba a cambiar.

Y menos por ella.

Alguien se aclaró la garganta detrás de ellos y ambos giraron rápidamente.

–Ah, Amos –dijo Pete, levantándose–. Únete a nosotros.

Inmediatamente, Kelly supo quién era ese hombre alto y delgado. Había estado en la cafetería un par de veces. Se levantó y, por cortesía, le apretó la mano.

Kelly no creía que hubiera aparecido allí sin razón. Sabía que tenía algo que decir. Parecía incómodo y jugueteaba con el sombrero que tenía en la mano. Evitaba mirarla a ella, tenía los ojos clavados en Pete.

–Sheriff, ¿dispararon a Grant a propósito? –la rotunda pregunta de Kelly sorprendió a los dos hombres.

Pete estrechó los ojos y Amos pasó el peso de un pie a otro. Después, el rostro del sheriff se despejó e incluso sonrió, lo que pareció tranquilizarlo.

–Eh, no estamos seguros, señora.

–Quieres decir… –a Kelly se le secó la boca y lo miró con horror.

–Imaginé que había sido un cazador de jabalíes, o un chaval practicando tiro –comentó Pete con voz grave–. La idea de que alguien disparase a

Grant a propósito no se me había pasado por la cabeza.

Kelly soltó el aire y movió la cabeza, demasiado horrorizada para hablar. Ese tipo de cosas no le ocurrían a la gente que conocía, y menos a alguien que le importaba tanto. Se pasó la lengua por los labios resecos.

–Podría haber... –calló, incapaz de decir «muerto».

–Lo sabemos, señora –dijo el sheriff con respeto–. Ha sido cosa de Dios. Así lo veo. Dígale a Grant que la investigación será de máxima prioridad.

–Si alguien le pegó un tiro –dijo Pete con voz áspera–, compadezco a ese pobre idiota cuando lo encuentres. Grant irá a por él.

–Mira –Amos se frotó la barbilla–, estamos investigando a fondo. Encontraremos al responsable. En cuanto sepamos algo, os informaremos –hizo una pausa y carraspeó–. ¿Cómo está Grant?

–No lo sabemos aún –contestó Pete. Amos se marchó poco después dejando un tenso silencio.

Kelly no dejaba de mirar la puerta del quirófano, y por fin tuvo su recompensa.

–¿Señorita Baker?

Pete y Kelly se pusieron de pie, ansiosos.

–Soy el doctor Carpenter, Grant está bien. Hemos sacado la bala sin problemas –se limpió la frente–. Pero ha perdido bastante sangre, así que pasará la noche aquí.

–¿Quiere decir que en otro caso podría haberse ido a su casa? –preguntó Kelly, atónita.

–A casa sí, pero no recomendamos que vaya solo –el doctor puso cara de preocupación–. Algo me dice que, cuando se despierte, eso no va a gustarle nada.

–No lo dude –Pete soltó una risita–. Tendrá una pataleta si no lo dejan salir de aquí.

–¿Puedo verlo? –preguntó Kelly.

–Está en recuperación, pero no hay mucha gente, así que permitiré que se siente con él –dijo el doctor.

–Gracias –dijo Kelly con alivio, aunque sabía que eso sería añadir otro clavo a su ataúd emocional.

Dejó a Pete atrás y siguió al médico.

–Ya era hora de que me dejasen salir de aquí.

–Solo has tenido que quedarte una noche –dijo Kelly, con voz templada, intentando calmar a Grant.

–Una noche ha sido una noche de más.

Kelly quería decirle que dejase de protestar, pero sabía que el efecto del calmante debía de haberse pasado y estaba incómodo. Eso pondría de mal humor a cualquiera, sobre todo a alguien poco acostumbrado al dolor.

Cuando estuvieron dentro del coche, Grant la miró.

–Pete me ha dicho que el disparo podría no haber sido accidental.

–Es cierto –Kelly le contó la conversación con el sheriff.

–En mi opinión, eso es una locura.

–Amos no parecía tan seguro.

–Los cazadores, legales e ilegales, siempre han sido un problema para los forestales –dijo Grant.

–¿Entonces crees que fue un cazador?

–O un niño jugando con la escopeta de su padre.

–Eso dijo Pete.

Ambos se quedaron callados un momento.

–¿Estás pensando lo mismo que yo? –preguntó Grant con voz seria.

–¿Qué Larry Ross podría ser el culpable?

–Sí –dijo Grant con expresión adusta–. Si fue algo deliberado, es la única persona que podría beneficiarse con mi muerte.

–Pero si lo piensas con racionalidad, es ridículo –afirmó Kelly–. Primero, ¿qué iba a ganar? Y, segundo, ¿cómo iba a pretender salir bien librado? Estoy segura de que es el sospechoso número uno.

–Si no fue un accidente, se las verá conmigo –un brillo acerado destelló en los ojos de Grant.

–Tendrás que ser paciente. Deja que la ley haga su trabajo.

–Y no meterme por medio.

–Por supuesto, pero tú ya lo sabes.

–No estés tan segura –Grant hizo una pausa y cambió de tema–. Me dicen que voy a ir a tu casa, contigo.

Kelly puso la mano en la palanca de cambios al ver el destello de deseo de sus ojos. Tragó saliva.

–Dejemos dos cosas claras: no es mi casa y tú vas a ir derecho a la habitación de invitados.

–Oh, diantre.

Ella le lanzó una mirada fulminante antes de arrancar.

–Que mi brazo esté fuera de servicio no implica que lo demás no funcione.

–Hablando de tu brazo, ¿cómo está?

–Lo creas o no, bastante bien. De hecho, incluso puedo subirlo y bajarlo sin demasiado dolor.

–Pero aún no puedes controlarlo del todo –afirmó Kelly–. Me da miedo que un mal movimiento haga que se salten los puntos. Entonces sí tendrías problemas.

–Creo que exageras, pero vale –Grant hizo un mohín. Solo te estoy pinchando. Prometo ser buen chico –la miró con ojos como brasas–. Pero no cuánto tiempo.

Decidiendo que era mejor no contestar a eso, Kelly se incorporó a la carretera.

–Tengo que pasar por la cafetería a echar un vistazo.

–Tómate tu tiempo. No me iré a ningún sitio.

–Por cierto, ¿has oído algo del sheriff?

–No. Pero si no lo hago pronto, iré a molestarlo.

Kelly estuvo quince minutos en la cafetería y después fueron a casa de Ruth. Grant y ella iban a entrar, cuando otro coche paró detrás de ellos. Se dio la vuelta y se quedó boquiabierta.

«¿John Billingsly? ¿Qué cuernos hace él aquí?».

–¿Quién es ese? –preguntó Grant con cierta irritación, como si supiera que algo no iba bien.

–Es mi jefe.

Capítulo Catorce

Era increíble ver a John Billingsly en Lane, Texas, y más un lunes, el día más ajetreado en la empresa. El hecho de que Grant estuviera a su lado, mirando a John de arriba abajo, no ayudaba nada.

Kelly se aclaró la garganta e hizo las presentaciones.

—Parece que he venido en mal momento —dijo John, incómodo.

—No por lo que a mí respecta —rechazó Grant, moviendo el brazo bueno—. Os dejaré solos —miró a John—. Encantado de conocerte.

—Lo mismo digo.

Cuando Grant entró en la casa, Kelly miró a su jefe, pensando que parecía muy cansado. Aun así, seguía estando guapo. Era alto, de espaldas anchas, con pelo plateado y una sonrisa devastadora. Además, tenía una voz espectacular, que era una de las razones por las que lo respetaban tanto en las salas de juicios.

—¿Qué te trae por aquí? —preguntó. Después, añadió—: Por supuesto, me alegro de verte.

—Estoy seguro, pero no te alegras tanto como yo habría deseado —John sonrió débilmente.

–No sé a qué te refieres –Kelly se sonrojó.

–Ah, yo creo que sí –John señaló la puerta con la cabeza–. ¿Qué hay con él?

–Es un amigo que acaba de salir del hospital.

Los ojos de John la escrutaron, como si buscara toda la verdad. Ella ignoró la mirada.

–En realidad es un gusto verte, estoy deseando saber cómo van las cosas en la empresa –esperó que su voz sonara templada, porque temblaba por dentro.

–Entonces, vamos a algún sitio a hablar. A comer, por ejemplo. Me apetece saber cómo te va, luego, te pondré al día sobre la empresa. Tenemos un par de casos próximos que llevan tu nombre escrito.

–Eso es fantástico.

–¿Es todo lo que tienes que decir? –alzó las espesas cejas.

–Me encantaría comer contigo, pero no es buen momento –dijo Kelly; estaba sudando.

–¿Tienes que volver a la cafetería?

–En realidad, hoy está cerrada.

John alzó las cejas interrogativamente, como preguntando por qué no podía ir a comer.

–Parece que he metido la pata viniendo sin avisar –murmuró, al ver que ella no se explicaba–. Supongo que tiene algo que ver con el tipo que ha entrado –inclinó la cabeza hacia la puerta.

–Eso solo es parcialmente verdad –afirmó Kelly con seguridad–. ¿Y si nos sentamos en el columpio del porche y charlamos?

Al fin y al cabo, no podía enviarlo de vuelta sin

pasar algo de tiempo con él. Que hubiera ido a verla era un acontecimiento, y así debía tratarlo. Su trabajo era su vida; si su jefe quería verla, sería boba impidiéndoselo. Además, Grant podía cuidarse solo un rato.

—Se te ve bien —dijo John cuando se sentaron.

—Lo estoy —contestó ella con sinceridad—. Tenías razón. Necesitaba alejarme. Pero tengo que hacerte una confesión.

—¿Ah?

—He estado trabajando un poco.

—¿En un caso?

Kelly asintió y le explicó el tema.

—No protestaré. Me parece genial que estés dedicándote a las leyes de nuevo y te sientas bien haciéndolo.

—Me alegra mucho tu aprobación —le ofreció una gran sonrisa—, aunque aún no he ganado el caso.

—Lo ganarás —aseveró él.

—Gracias. Tu confianza me hace sentirme aún mejor.

—¿Cuándo podemos esperarte de vuelta?

—En cuanto regrese mi prima.

Una expresión de alivio cruzó el rostro de John, haciendo que pareciese menos cansado.

—¿Y qué me dices de él?

Kelly no simuló malinterpretar el énfasis que había en la pregunta, pero no pensaba contestarla.

—¿Qué sobre él?

—Vale, no quieres hablar de él —John se encogió de hombros—. Eso puedo aceptarlo.

–Ya que estás en ello, acepta que estoy deseando volver al trabajo.

–Todo el mundo te echa de menos, yo incluido –John estiró el brazo y le apretó la mano–. Estamos deseando que regreses.

–Gracias –Kelly notó que las lágrimas afloraban a sus ojos–. No sabes cuánto significa para mí.

–Me marcharé ahora, pero hablaremos más tarde.

–Gracias por venir. Solo siento que…

–No te disculpes –John alzó la mano–. Debí telefonear antes –le guiñó un ojo–. Nos veremos pronto.

–Puedes contar con ello –sonrió Kelly.

Esperó a que estuviera en su BMW y arrancase antes de entrar en la casa.Entonces se dio cuenta de que Grant se había tumbado en el sofá y parecía profundamente dormido.

Lo observó, pensando lo guapo que estaba. Percibía en él una vulnerabilidad que le rompía el corazón. Entre el problema de trabajo y el accidente, estaba estresado mental y físicamente.

Sintió la tentación de acercarse y frotarle la mejilla con el dorso de la mano.

Sus vidas estaban en mundos distintos, y siempre lo estarían.

Kelly se obligó a pensar en John y en lo que acababa de ocurrir entre ellos. Seguía atónita por su inesperada aparición. Había querido pasar tiempo con él, pero no quería dejar solo a Grant. Se había sentido dividida; y no estaba segura de haber tomado la decisión correcta.

Pasó junto al sofá de puntillas, para no despertar a Grant. Había llegado al otro extremo del sofá cuando le agarraron la mano. Giró en redondo y vio que Grant estaba sentado, sujetándola.

–Me has sobresaltado –tartamudeó–. Creía que estabas dormido.

–Estaba descansando.

Sus miradas se encontraron como imanes.

–Suponía que te habrías ido con tu novio.

–No es mi novio –se liberó la mano y la metió en el bolsillo del vaquero–. Es mi jefe. Como ya sabes.

–Le gustas.

–¿Y qué si le gusto?

No sabía por qué había dicho eso. Tal vez para poner celoso a Grant. Pero no tenía sentido, Grant no la amaba. Solo sentía lujuria, sin compromisos. Y, bueno o malo, ella había disfrutado cada minuto siendo el foco de esa lujuria.

–Ah, así que tienes al pobre bastardo en espera.

–Lo que yo haga no es asunto tuyo –dijo, colérica.

–Tienes toda la razón, no lo es –accedió él con dureza, poniéndose en pie–. Nada de lo que hagas es asunto mío, ni lo que haga yo asunto tuyo –sus ojos volvieron a encontrarse en un forcejeo de voluntades–. ¿Correcto?

–Correcto –dijo ella desafiante.

–Me encuentro fatal. Me voy a la cama.

Cuando oyó cerrarse la puerta del dormitorio de invitados, Kelly se sentó en el sofá, revuelta. Si alguna vez había creído que la amaba, sus palabras acababan de demostrar que se equivocaba. Agarró un almohadón, hundió el rostro en él y lloró.

Por fin había terminado el día. Habían trabajado mucho; todo el mundo había pasado por allí.

Excepto Grant.

Hacía un par de días que no lo veía. La noche que había pasado en casa de Ruth había sido corta. Se había levantado a las cinco de la mañana para ir a echarle un vistazo y ya no estaba. Tenía que hablar con él, porque había conseguido que le dieran audiencia en dos días.

Como resultado de su ausencia, Kelly no sabía qué deseaba más, sacudirlo o besarlo. No dejaba de pensar en la noche de pasión que habían compartido. Pero sabía que era mejor así. Mejor que se alejara. Mejor que no estuviera en condiciones de tocarla.

—Nos vamos, Kelly —dijo Doris, asomando la cabeza por las puertas batientes.

—Yo también. Os veré por la mañana.

Kelly había echado el cierre y estaba a punto de subir al coche cuando la camioneta de Grant aparcó a su lado.

—Sube y vamos a dar una vuelta.

—¿Qué haces al volante? —ni siquiera pensó en que le estuviera dando órdenes, solo en que no debía conducir.

—Tengo un brazo bueno.

—Grant Wilcox, estás loco. Podrías tener un accidente y matarte, o matar a alguien.

–¿Vas a venir?

–No.

–Por favor.

Cuando la miraba así, parecía perder el sentido común y era incapaz de negarle nada. Les quedaba tan poco tiempo juntos que cada momento era precioso.

–Solo si me dejas conducir.

–¿Has conducido una camioneta alguna vez?

–No.

–Toda tuya –hizo un gesto con el brazo y se rio.

Kelly se sentó al volante y se quedó quieta, notando cómo la miraba.

–Es fácil de conducir. Igual que un coche, así que vamos –dijo él con una sonrisa burlona.

Tras ajustar el asiento y el espejo retrovisor, arrancó.

–Espera un segundo –dijo Grant cuando salió a la carretera–. Vamos hacia Wellington. Tengo una pieza de maquinaria en el taller mecánico.

–Eso me recuerda… –intervino Kelly–. Tenemos audiencia pasado mañana, respecto a la prueba de ADN.

–Eso es fantástico. Sé que ese bastardo de Ross está mintiendo.

–¿Y si no es así?

–Entonces, estoy hundido –afirmó Grant–. Mi único recurso sería demandar a Holland para que me devuelva el dinero.

–A no ser que el juez ordene a Holland que dé a Ross la parte que le corresponda de la venta de árboles.

–¿Puede hacer eso?

–Los jueces son como dioses –Kelly sonrió sin chispa de humor–. Pueden hacer todo lo que quieran.

–Entonces, recemos.

El resto del viaje fue en silencio, aunque Kelly era muy consciente de que Grant ocupaba el asiento de al lado. Anhelaba tocarlo. Siempre que sus ojos se encontraban, notaba el mismo anhelo en él.

Cuando llegaron a la demarcación de Wellington, Grant le dio instrucciones para ir al taller. Ella esperó en la camioneta mientras él entraba a hacer sus gestiones.

–Aún no está lista –dijo, subiendo–. Supongo que eso es bueno, porque el arreglo va a costar mucho dinero. Dinero que ahora no tengo.

Estuvo a punto de decirle que ella le prestaría el dinero, pero se lo pensó mejor al ver su expresión hosca. Su instinto le decía que no aceptaría dinero de ella.

–¿Adónde vamos? –le preguntó–. ¿De vuelta a Lane?

–Sí, a no ser que quieras ir a cenar algo.

–Prefiero volver.

–Me parece bien.

Estaban en las afueras de Wellington, en una carretera lateral, cuando ella vio la casa más bonita que podía haber imaginado. De piedra blanca, estaba entre árboles y arbustos, bien cuidada. Tenía un aspecto pacífico y acogedor. Intrigó tanto a Kelly que bajó la velocidad.

–Qué lugar más bonito –dijo con admiración.

–Debes de estar de broma.

–¿Por qué dices eso? –Kelly paró el motor y se volvió hacia él.

–Me sorprende que consideres bonita una casa de fuera de la ciudad.

–Bueno, esto es todo lo cerca que me gustaría vivir del campo.

–Incluso así, dudo que fueras feliz. La gente de la ciudad no encaja aquí.

Eso lo dejaba todo muy claro. Los ojos de Kelly chispearon con ira.

–¿Intentas enfadarme a propósito, o es natural en ti?

–Eso no merece respuesta –masculló él.

El resto de camino transcurrió con un silencio hostil. Cuando llegaron a casa de Ruth, Kelly saltó de la camioneta y fue hacia dentro. Grant le agarró del brazo y la obligó a girarse hacia él.

–Mira, lo siento. No debí abrir la boca.

–Tienes razón.

–¿Me creerías si te digo que estaba muy estresado?

–No.

–Ya lo suponía –se frotó la mandíbula–. ¿Creerías esto? ¿Y si te digo que quería conseguir que me odiaras, para no desear besarte cada vez que te acercas a mí?

Ella sintió la sangre golpearle en los oídos.

–Oh, al diablo –farfulló Grant. Puso la mano buena en su hombro y la empujó contra la pared, con la respiración entrecortada. Segundos después, la besaba.

Si ella no hubiera estado apoyada en la pared,

se habría derretido hasta hacer un charco en el suelo. Pero le devolvió el beso con ganas, abrazándose a su cuello, disfrutando de las sensaciones que le provocaba.

–Dios, te deseo tanto que me estás matando –la voz de Grant sonó desesperada.

–Yo también te deseo –susurró ella, amándolo con todo su corazón.

–Me refiero a aquí –clavó los ojos en los suyos, tan ardientes como sus labios–. Ahora.

–¿Ahora? ¿Y tu hombro?

–Deja que yo me preocupe de eso.

Sin una palabra más y sin quitarle los ojos de encima, ella le bajó la cremallera y liberó su erección. Él le levantó la falda vaquera y le bajó el tanga. Kelly se libró de él de una patada justo cuando él colocaba una mano bajo su trasero.

Como si supiera exactamente lo que tenía en mente, ella se abrazó a su cuello. Después, utilizando toda su fuerza, dio un salto y lo rodeó con las piernas.

–Oh, Kelly, Kelly –gimió él, penetrándola con una fuerte embestida.

Ella se inclinó sobre él, enredando los dedos en el vello de su pecho. Habían terminado en la cama de Kelly. En cuanto llegaron a la cama, empezaron a hacer el amor de nuevo.

Kelly se preguntó qué le había ocurrido. Era cierto que estaba enamorada de Grant. Pero también lo había estado de su marido. Con Grant todo era distinto. Accedía a una parte de ella cuya existencia desconocía: su lado salvaje.

Aunque le dolía el corazón al pensarlo, Kelly no quería apartarse de su cálido cuerpo, ni dejar de tocarlo. Sus dedos estaban disfrutando recorriendo su pecho y su estómago.

Y más abajo.

Gimiendo, Grant la miró. Estaba apoyada en un codo y sabía que sus ojos ardían de pasión, como los de él. No se molestaron en apagar la luz. Con Eddie no era así; siempre hacían el amor en la oscuridad.

–¿En qué estás pensando? –preguntó Grant con su voz grave y brusca.

–En Eddie. Mi marido. Aunque nos queríamos de verdad, no hacíamos el amor de forma salvaje o apasionada. Ahora lo veo claro.

–Gracias por decirme eso. No sabes lo humilde ni lo bien que me hace sentir –hizo una pausa para besarla–. Nunca he hecho el amor a una mujer como te lo he hecho a ti. La chispa, el fuego, lo que quieras llamarlo, no estaba ahí –hizo otra pausa–. Tal vez por eso no me casé nunca.

Las últimas palabras quedaron flotando en el aire, provocando tensión. Kelly, entristecida por una razón que se negaba a admitir, sustituyó los dedos con los labios, lamiendo sus pezones hasta ponerlos duros.

–Hum, eso está muy bien –gruñó él.

–Esto debería estar aún mejor –usando la lengua, bajó lamiendo hasta el ombligo, que besó y succionó.

Él gimió y se retorció cuando siguió bajando. Al llegar a su erección, ella hizo una pausa y lo miró, para ver su reacción. Se había erguido, apoyándose sobre los codos, y le devolvía la mirada con los ojos nublados.

Ella colocó los labios en la punta y chupó. Y siguió chupando.

–Oh, Kelly –gritó él–, sí, sí.

Se subió sobre él y se hundió en su duro miembro. Poco después los gemidos y gritos de ambos resonaron en la habitación.

Cuando Kelly por fin se tumbó a su lado, exhausta pero satisfecha, y más feliz de lo que había soñado nunca, se preguntó cómo iba a poder dejarlo.

Capítulo Quince

–Kelly, soy John.

–Me alegra oír tu voz –a ella se le aceleró el pulso.

–Lo mismo digo. Dicho eso, iré directo al grano.

–¿Por qué no? –contestó ella. Ocurría algo. Lo notaba en el tono de su voz.

–¿Recuerdas que te dije que había un par de casos para ti?

–Desde luego.

–Bueno, pues vamos a empezar con ellos y queremos que estés en las sesiones desde el principio; eso significa que te necesitamos aquí cuanto antes.

–Oh, John, nada me gustaría más que decirte que podía salir ahora, pero no puedo. Aunque espero el regreso de mi prima cualquier día de estos.

–Lo retrasaremos cuanto podamos –soltó un profundo suspiro–. ¿Cómo va tu caso?

–Debería resolverse pronto.

–Bien. Así no impedirá que regreses a Houston cuando vuelva tu prima –hizo una pausa más larga–. ¿Recuerdas que hablamos de hacerte socia?

–Claro –¿cómo iba a olvidar eso?

–Bueno, pues si ganas estos casos, estarás dentro.

–No sé qué decir, excepto gracias –el corazón de Kelly estaba desbocado.

–Con eso basta –John rio–. Mantenme informado.

–Lo haré.

«¡Sí!», gritó Kelly alborozada, después de colgar.

Había hecho de su profesión su vida, y por fin empezaba a ver resultados. De pronto, igual que había brotado, su entusiasmo se apagó. Se dejó caer en una silla, con la piernas como gelatina.

Dejaría a Grant, no lo vería más ni intercambiaría insultos con él. Ya no le haría el amor. Eso no podía ser.

Pero tampoco tenía opción. Él nunca había dicho que la quisiera e, incluso si lo hacía, un futuro para ellos dos era un imposible. Grant quería una cosa y ella otra. Y lo que quería uno tenía tan poco que ver con lo que quería el otro como la riqueza de la reina de Inglaterra y la de un artista muerto de hambre.

Quería verlo.

Cada vez que estaban juntos se enamoraba más. La idea de dejarlo la apabullaba; la de quedarse, también.

–¡Yuju, chica!

Atónita, Kelly se dio la vuelta y vio a Ruth ir hacia ella con los ojos abiertos. Kelly no podía creerlo. Destino. Era lo único a lo que podía atribuir ese giro inesperado de la situación.

–¿Cuándo has llegado a casa? –preguntó Kelly, riendo mientras le devolvía a Ruth el abrazo.

–De hecho, aún no he pasado por allí –los ojos de Ruth recorrieron el local, empapándose de todo–. Este es el primer sitio al que vengo.

–Es fantástico verte.

–Ya me lo imagino –Ruth soltó una risita.

–No lo decía en ese sentido –afirmó Kelly muy seria–. Lo creas o no, ha sido una experiencia divertida.

–Ya, claro.

–Lo digo en serio.

–Créeme, me alegro. Temía que no volvieras a hablarme.

–Solo espero que no pienses que he destrozado tu negocio con mi ineptitud.

–Eso no ha ocurrido –declaró Ruth–. Si eres capaz de servir café y hacer estofado, puedes dirigir este sitio, aunque las dos sepamos que no has hecho ninguna de las dos.

–Sí que he hecho las dos –Kelly se colocó las manos en las caderas, como si la hubiera insultado–. De vez en cuando, claro.

–Eh, bromeaba, ya lo sabes. Vamos a casa para que me pongas al corriente de todo.

–No puedo esperar.

–¿Kelly? –llamó Doris. Ella se dio la vuelta y vio a Doris con el teléfono en la mano–. Es el señor Mangunm, para ti.

–Adelántate tú, yo te seguiré –Kelly cerró la puerta del diminuto despacho y descolgó. Para Grant, ese era el momento de la verdad.

***

–Pensé que tal vez te encontrase aquí.

Grant se quitó el sombrero y fue hacia Kelly, dejando a Pete con una pieza de maquinaria.

–Hola, nena –saludó, se inclinó y la besó.

Desconcertada por esa familiaridad, sobre todo delante de Pete, Kelly se sonrojó levemente. Grant se rio.

–Me asombra que aún puedas sonrojarte, después de todo lo que hemos compartido.

–Calla –ordenó ella, aunque una sonrisa afloró a sus labios–. Pete podría oírte.

–No, está demasiado ocupado jugando con esa pieza –hizo una pausa–. Yo preferiría jugar contigo.

–Eres imposible –protestó Kelly.

–Y te encanta, solo que no quieres admitirlo.

–Tienes razón, no lo haré.

–¿Qué te trae por aquí? –preguntó Grant.

–Buenas noticias. Larry Ross se hizo la prueba del ADN y falló.

–¡Glorioso! –gritó Grant. Tiró el casco al aire y después agarró a Kelly y la hizo girar y girar. Cuando volvió a dejarla en el suelo, estaba tan mareada que tuvo que apoyarse en él.

–Has usado los dos brazos –dijo con asombro.

–Correcto. Eso es lo que consigue la felicidad. Además, el brazo apenas me molesta.

–El doctor Carpenter debe de ser un buen cirujano.

–¿Qué demonios pasa aquí? –Pete se reunió con ellos–. Te he oído gritar como un poseso.

–Todo se ha solucionado –Grant le dio una palmada en el hombro a Pete–. Por fin.

–¿Eso significa que podemos poner las máquinas en marcha? –gritó Pete.

–Significa exactamente eso –dijo Kelly, risueña.

–Muchas gracias, señora –dijo Pete, haciéndole una reverencia.

–Fuera de aquí –dijo ella entre risas.

–¿Aviso a los trabajadores? –preguntó Pete a Grant.

–Diles que se presenten mañana a primera hora.

–Eso haré.

Cuando Pete se fue, Grant se puso serio.

–Gracias. Sabes que lo digo en serio.

–Sí que lo sé.

–¿Cómo lo conseguiste?

–Por lo visto, Ross tenía problemas económicos por culpa del juego. Como necesitaba el dinero y estaba seguro de ser un heredero legal, accedió a hacerse la prueba –sonrió a Grant–. Como se suele decir, el resto es historia.

–Que tú pusiste en marcha. Si no hubieras exigido la prueba de ADN, seguiría con la soga al cuello –la agarró, la apretó contra él y la besó con fuerza–. Esta es mi demostración práctica de agradecimiento.

Sin aliento, Kelly se apartó. Iba a hablar cuando Pete los interrumpió.

–Venga, vosotros dos. Dadme un respiro –sonrió y los dos le devolvieron la sonrisa–. Entonces, tenemos a Ross por lo del ADN, pero ¿qué hay de tu hombro? Aún no estoy seguro de que no sea responsable de eso.

–Mi instinto me dice que no es tan estúpido, pero quién sabe –Grant se puso serio–. Cuando salga de aquí, iré a ver a Amos.

En ese momento le sonó el móvil. Era el sheriff.

–Hola, Amos, deben de haberte pitado los oídos –Grant escuchó un minuto y añadió–. De acuerdo. Llegaré enseguida.

–¿Y? –preguntaron Kelly y Pete casi al unísono.

–Ross está limpio. Tiene una coartada perfecta para la hora en que se produjo el disparo.

–Maldición –masculló Pete.

–Entonces, ¿quién te disparó? –preguntó Kelly–. ¿Lo sabe Amos?

–Sí, pero quiere hablar conmigo en persona.

–Tenemos que hablar –le dijo Kelly a Grant cuando Pete se marchó.

–Ya lo creo que sí. ¿Qué te parece si hago unos filetes esta noche y vienes a cenar?

–Allí estaré.

Todo estaba perfecto. Grant había limpiado la casa y comprado flores para la rústica mesa del comedor.

La ensalada estaba hecha, la cerveza fría y el vino fresco. La patatas estaban asándose y los filetes listos para ponerlos en la parrilla.

Y él para ver a Kelly. Entonces y siempre.

Se le encogió el estómago al pensar en siempre. Se preguntó si estaba enamorado. Aunque la idea le daba pánico, quería saber la respuesta. Para él, lujuria y amor iban tan unidos que le resultaba difícil distinguir cuál era cuál.

Llamaron a la puerta. Abrió y Kelly fue derecha a sus brazos, aferrándolo como si no quisiera dejarlo escapar nunca, lo que a él le parecía muy bien.

Finalmente la alejó de sí y la besó.

–Buenas tardes –dijo ella con voz ahogada.

Él percibió que algo iba mal. Pero no iba a presionarla, se lo contaría cuando estuviera preparada.

–Parece que celebramos algo –comentó Kelly, entrando en la habitación.

–Siéntate –pidió Grant con un nerviosismo que a él lo molestó y a ella le causó asombro–. ¿Quieres vino o cerveza?

–Ninguna de las dos cosas, de momento.

Él alzó la cejas.

–Me gustaría oír qué dijo Amos. ¿Quién te disparó?

–No creerás lo que voy a contarte –Grant movió la cabeza de lado a lado.

–Claro que sí. Soy abogada, ¿recuerdas?

–Un adolescente de dieciséis años decidió ir con su escopeta a dar unos tiros. Montó en la camioneta de su padre y fue a la tierra de Holland. Cuando vio un jabalí, decidió seguirlo.

Hizo una breve pausa.

–Para resumir, cuando tuvo la oportunidad de

disparar, lo hizo, pero falló y el jabalí se lanzó contra la maleza. Yo grité, el chico se asustó y se fue. Estaba tan asustado que chocó contra un árbol, de ahí la confesión. Tuvo que contarles a sus padres por qué había un golpe en la camioneta y que había estado en la tierra de Holland. Un par de días después su padre se enteró de que alguien había recibido un disparo allí. Ató cabos y comprendió lo ocurrido. Hoy fueron a hablar con Amos.

–Podría haberte matado –dijo Kelly, solemne.

–Lo sé. Amos me preguntó si quería demandarlo.

–¿Vas a hacerlo?

–No. El pobre chico está aterrorizado por haber herido a alguien. Fue un accidente. Además, ya tiene bastante con sus padres, que no están nada contentos.

–Chicos –Kelly movió la cabeza–. Al menos el misterio está resuelto. Y tú casi recuperado.

–Eso es verdad –sonrió con descaro–. Eso significa que podré seducirte sin piedad.

–Antes tenemos que hablar.

–Creía que eso era lo que acabábamos de hacer.

–Ruth ha vuelto.

–¿Cuándo? –Grant se tensó visiblemente.

–Esta tarde, a la hora de cerrar.

–Eso está bien –forzó una sonrisa–. Estoy seguro de que las dos os alegráis.

Siguió un incómodo silencio.

–Puede que tú no necesites beber nada, pero yo sí –fue a la cocina, agarró una cerveza y se bebió la mitad de un trago. Kelly lo había seguido a la cocina, seria–. ¿Cuándo te marcharás?

–Pronto.

–Lo imaginaba, he aprendido a leerte bastante bien –hizo una pausa–. Antes de que digas nada más, quiero preguntarte algo.

–Adelante.

–¿Crees que hay alguna posibilidad de que tú y yo tengamos un futuro juntos? –alzó la mano al ver que ella abría la boca–. Sé que somos de mundos diferentes, y muy distintos –se frotó la nuca–. Pero esas diferencias hacen que la vida y las relaciones sean estimulantes.

–Grant…

–Si todos fuéramos iguales, sería muy aburrido.

–¿Qué estás diciendo? –preguntó Kelly con voz queda.

–Resumiendo. ¿Te quedarás algo más de tiempo conmigo? Para ver adónde nos lleva todo esto.

–Grant. John llamó. Desde Houston.

El silencio que siguió fue largo y agobiante.

–¿No vas a decir nada? –inquirió Kelly.

–Ya he hablado. Ahora te toca a ti.

–Mi empresa quiere que vuelva de inmediato.

Aunque Kelly no dijo nada, Grant supo que se debatía. Anhelaba abrazarla, besarla, decirle que la amaba y suplicarle que no se fuera. Pero se quedó inmóvil y callado.

–Siento que se lo debo a ellos, y a mí misma. Así que me marcho mañana.

–Creo que con eso queda dicho todo –farfulló Grant, tras mirarla larga y duramente.

–Eso no significa…

–Sé lo que significa. Has decidido volver a Houston –se encogió de hombros–. No intentaré hacerte cambiar de opinión.

–¿Me estás diciendo que esto se ha acabado? –Kelly palideció.

–Tú eres la abogada de algo rango. ¿Es que no está claro?

Se miraron fijamente unos instantes.

–También me estás diciendo que debería irme ahora mismo, ¿verdad? –Kelly apenas fue capaz de hacer la pregunta, tenía la garganta seca.

–Dadas las circunstancias, creo que probablemente sea buena idea.

Conteniendo las lágrimas, Kelly giró sobre los talones y salió, cerrando la puerta a su espalda.

Maldiciendo, Grant lanzó la botella de cerveza contra la chimenea. Ni se inmutó cuando los trozos de cristal salieron disparados por todos sitios.

Capítulo Dieciséis

–¿Te he dicho últimamente lo orgulloso que estoy de ti?

–Todos los días.

–Solo quiero asegurarme de que sepas que estás haciendo un gran trabajo y lo mucho que lo aprecia la empresa –John sonrió y se sentó frente a Kelly.

–Lo sé, y agradezco tu apoyo y tus halagos.

–Odié que tuvieras que irte, ya lo sabes –John frunció el ceño–, pero supongo que fue lo mejor. Ahora que estás de vuelta lo veo claro.

–Eres un buen hombre, John Billingsly, soy muy afortunada al tenerte como jefe.

Podríamos ser algo más –dijo él en voz baja–. Pero no te interesa, ¿verdad?

–No, no en el sentido al que te refieres –sonrió con tristeza–. Pero tu interés por mí es el mejor cumplido.

–Bueno –John suspiró y esbozó una sonrisa–. Estaba preparado para un no.

–Siempre te he considerado un amigo y el mejor de los jefes.

Él titubeó un momento y la miró intensamente.

–¿Qué? –ladeó la cabeza y le devolvió la mirada.

–No eres la misma. Cuando crees que nadie te ve, tu rostro se llena de tristeza –hizo una pausa–. ¿A qué se debe?

–Estoy bien –mintió ella–. Te estás dejando llevar por la imaginación.

–Paparruchas. Sé que me estoy entrometiendo, pero eso es lo que hacen los amigos… y los jefes.

–Es algo que debo resolver por mí misma.

–¿Sigue teniendo que ver con tu familia?

–No –ella sonrió–. Alejarme consiguió un milagro. Cuando pienso en ellos, todos los días, es con cariño y dulzura, en vez de con el dolor de la pérdida.

–Me alegra mucho oírte decir eso. Es maravilloso. Pero –John siguió presionando–, sigues estando demasiado triste para mi gusto. Se inclinó hacia delante–. Es por ese tipo, ¿verdad?

–No sé de qué tipo hablas –Kelly se tensó.

–Claro que lo sabes.

John tenía razón. Estaba fastidiada, aunque no podía permitirse admitirlo, ni siquiera ante ella misma.

Echaba de menos a Grant. Su ausencia casi le dolía. En ese momento podía ver su enorme cuerpo en el bosque, con su casco, vaqueros y botas, haciendo funcionar una máquina o caminando por el bosque, absorto. Y adorando cada segundo.

Deseó que la amara tanto como amaba los bosques.

–Visto que no vas a contármelo, será mejor que me vaya. Tengo que estar en el juzgado dentro de media hora y, si no me equivoco, tú también.

–Es cierto. Este es un caso que no estoy dispuesta a perder.

–No lo perderás. Y, como prometí, eso te permitirá acceder a la sociedad –al no conseguir la respuesta que esperaba de ella, frunció el ceño–. Sigues queriendo ser socia, ¿no?

–Desde luego –afirmó Kelly con entusiasmo forzado.

Solo llevaba un mes en casa, pero parecían seis. Sus ojos recorrieron el salón de su piso de Houston y pensó en lo afortunada que era al regresar a un lugar tan bonito todos los días. Pero ya no se lo parecía tanto como antes de haberse marchado a Lane.

Además del lujoso piso, tenía montones de amigos y sitios a los que ir. Houston tenía mucho que ofrecer. Se preguntó por qué, en ese caso, no estaba por ahí con algún amigo. Pero no le apetecía salir.

Para empeorar las cosas había recibido dos llamadas seguidas: una de Maud y una de Ruth. Ambas le habían dicho cuánto la echaban de menos y pedido que fuera pronto a Lane a visitarlas. Después de cada conversación, Kelly había colgado y se había echado a llorar.

En ese momento, acurrucada en el sofá, tenía ganas de llorar de nuevo. Se sentía desgraciada. Y la causa era Grant.

Agarró el bolso y salió corriendo.

***

Añoraba a Kelly. A cada momento olía su aroma, oía su risa, sentía su piel bajo los dedos callosos. Pero lo peor era recordar sus gemidos cuando le hacía el amor. Eso, todo lo que había de especial en ella, lo volvía loco.

La amaba. Debería habérselo dicho. Saltó del sofá y fue a la cocina a por una cerveza. Después de un trago la vació en el fregadero. Emborracharse no era la solución. Cuando saliera del estupor, Kelly seguiría en su mente.

–Al diablo con todo esto –dijo.

Corrió al escritorio, sacó un sobre, se puso la chaqueta y salió de la cabaña.

Kelly lo vio en cuanto salió. Aunque casi se le paró el corazón, se detuvo y observó a Grant cruzar el aparcamiento de su edificio.

–¿Qué-qué haces aquí?

–¿Adónde vas? –preguntó Grant.

–Yo he preguntado primero –su voz fue un susurro.

–He venido a verte –clavó los ojos en ella.

–¿Por qué?

–Para decirte que te quiero y que soy muy desgraciado sin ti –soltó él de sopetón.

–Yo iba a verte, a decirte exactamente lo mismo.

En segundos, estuvieron uno en brazos del otro. Riendo y besándola, Grant la alzó y la hizo girar por el aire.

–Cásate conmigo, Kelly Baker.

A las tres de la mañana, Kelly y Grant estaban sentados en medio de la cama de Kelly, bebiendo cerveza con limón y comiendo queso y galletas.

Habían hecho el amor hasta quedar agotados y hambrientos. Desnudos, habían ido a la cocina a saquear el frigorífico y vuelto con todo a la cama.

–Te quiero, Grant Wilcox.

–Yo te quiero a ti, Kelly Baker.

–¿Y cuándo será la boda? –parpadeó para evitar unas inesperadas lágrimas.

–¿Qué te parece mañana? –Grant trazó el contorno de sus labios con un dedo.

–Ojalá fuera posible.

–En cuanto hayamos arreglado los papeles, nada podrá detenernos. Nunca pensé que pudiera regresar a la civilización, pero contigo como esposa, sé que será posible.

Kelly, con el rostro surcado por las lágrimas, lo besó y repitió otra versión de sus palabras.

–Nunca creía que pudiera vivir en el bosque y seguir practicando la abogacía, pero contigo como esposo, será posible.

–¿Me quieres tanto como para plantearte dejar todo esto? –Grant sonó asombrado.

–Sin dudarlo un segundo.

Grant la estrechó entre sus brazos, quitándole el aire.

–Te quiero tanto que me gustaría acurrucarme en tu interior. Tengo algo para ti –la soltó y se inclinó hacia sus vaqueros, en el suelo. Sacó algo de un bolsillo.

–¿Qué es? –preguntó Kelly.

155

–Ábrelo y lo verás.

Ella obedeció, después lo miró intrigada.

–Es una escritura.

–La casa de Wellington.

Kelly lo miró con incredulidad.

–La compraste –musitó ella.

–Sí. Para ti. Para nosotros.

Kelly soltó un grito, rodeó su cuello con los brazos y se lo comió a besos.

–Por lo visto, he hecho bien al comprarla.

–Más que bien. Es perfecto. Grant, es maravilloso. Wellington es perfecto para los dos; es lo bastante grande para abrir un despacho. Siempre deseé tener mi propia empresa algún día.

–Ese día ha llegado.

–Y es un lugar perfecto para formar una familia –esperó sin aliento la reacción de Grant. Los ojos de él se llenaron de lágrimas.

–Temía que no quisieras tener más hijos.

–Claro que quiero –afirmó ella–. De hecho…

–Entonces, será mejor que empecemos, cariño.

–Creo que el primero ya está en camino –le susurró Kelly, abrazándose a su cuello.

–¿Quieres-quieres decir que…? –tragó saliva y la miró con asombro y adoración. Ella sonrió y lo besó.

–Es exactamente lo que quiero decir.

–Te quiero, te quiero, te quiero –gritó Grant, abrazándola con furia.

–Yo también te quiero.

ENTRE RUMORES

MAUREEN CHILD

Siete años atrás, el sheriff Nathan Battle le había pedido a su novia, que se había quedado embarazada, que se casase con él, pero Amanda Altman le había destrozado el corazón, se había marchado de su pueblo natal y había sufrido un aborto. Amanda había vuelto y Nathan necesitaba olvidarse de ella de una vez por todas, pero su plan de seducirla y borrarla de su mente no estaba funcionando.

Al volver a Royal, Texas, Amanda no quería que Nathan se diese cuenta de que seguía queriéndolo. No obstante, resistirse a él era imposible. En especial, tras descubrir que estaba embarazada... otra vez.

¿Algo que ocultar?

Acepte 2 de nuestras mejores novelas de amor GRATIS

¡Y reciba un regalo sorpresa!

Oferta especial de tiempo limitado

Rellene el cupón y envíelo a
Harlequin Reader Service®
3010 Walden Ave.
P.O. Box 1867
Buffalo, N.Y. 14240-1867

¡Sí! Por favor, envíenme 2 novelas de amor de Harlequin (1 Bianca® y 1 Deseo®) gratis, más el regalo sorpresa. Luego remítanme 4 novelas nuevas todos los meses, las cuales recibiré mucho antes de que aparezcan en librerías, y factúrenme al bajo precio de $3,24 cada una, más $0,25 por envío e impuesto de ventas, si corresponde*. Este es el precio total, y es un ahorro de casi el 20% sobre el precio de portada. ¡Una oferta excelente! Entiendo que el hecho de aceptar estos libros y el regalo no me obliga en forma alguna a la compra de libros adicionales. Y también que puedo devolver cualquier envío y cancelar en cualquier momento. Aún si decido no comprar ningún otro libro de Harlequin, los 2 libros gratis y el regalo sorpresa son míos para siempre.

416 LBN DU7N

Nombre y apellido	(Por favor, letra de molde)
Dirección	Apartamento No.
Ciudad	Estado	Zona postal

Esta oferta se limita a un pedido por hogar y no está disponible para los subscriptores actuales de Deseo® y Bianca®.
*Los términos y precios quedan sujetos a cambios sin aviso previo.
Impuestos de ventas aplican en N.Y.

SPN-03

©2003 Harlequin Enterprises Limited

Bianca.

Ella jamás podría ser la esposa de un hombre de su riqueza y su clase social...

Maddie Conway llevaba mucho tiempo enamorada del magnate griego Giannis Petrakos. Además de dedicar mucho tiempo y dinero a la organización benéfica donde tan bien habían cuidado de la hermana gemela de Maddie, Giannis era increíblemente guapo. Por eso decidió que era la fuerza del destino la que la había llevado a trabajar a las industrias Petrakos.

Giannis no pudo evitar acostarse con Maddie a pesar de que le parecía algo ingenua. Después, le propuso que continuara siendo su amante... Fue entonces cuando Maddie descubrió que Giannis reservaba el papel de esposa para una mujer que encajara mejor con su posición social...

El destino los unió

Lynne Graham

ENTRE EL RECELO Y EL DESEO

ANN MAJOR

Michael North sabía que Bree Oliver era una cazafortunas en busca del dinero de su hermano, así que decidió seducirla, diciéndose que después la dejaría marchar. Sin embargo, tras un trágico accidente, tuvo que protegerla para cumplir la promesa que le había hecho a su hermano en el lecho de muerte.

Cuidando de Bree, Michael se vio obligado a poner a prueba su autocontrol. ¿Era ella tan inocente como proclamaba? ¿O él era tan ingenuo como para creerla? Dividido entre el deseo y la desconfianza, Michael no era consciente del asombroso secreto que ella ocultaba.

Casi consiguió que él creyera que era inocente

[7]